霧の島、居着き人の灯火

五島黒臓
KUROZO ITSUSHIMA

幻冬舎MC

霧の島、居着き人の灯火

目次

一

徳川政権も安定期に入ってきた寛永七年（1630年）如月、島原半島は、十日程続いた陽気も昨夜の嵐から例年より厳しかった冬に逆戻りした。朝までに雨は止んだものの、雨上がりのどんよりとした空は、西風が強く気温も今朝よりはグッと下がってきた。

昨日までの、人々の必死の食料確保に、あれ程、殷賑《いんしん》の様相を見せていた磯も昼からの冷え込みのせいか、潮が遅いせいなのか今日の磯には人の姿は見渡らず、閑散としている。

膝下までの麻の帷子《かたびら》に腰には荒縄で二重に巻いた帯の間にワカメの根株を挟んで海から上がってくる様は遠くから見ると見様では袴姿に見えなくもない。

勿論、徳《とく》は袴など一度も身に着けた事があるどころか、滅多に見ることすらもなかった。海の水はさほど冷たくはないが陸に上がると西風の冷たさに紫紺《しこん》に染まった唇の震えが止まらない。

一

徳は、急いで陸で西風を避けて焚火をして母のタキが待つ岩場の影に駆け寄り、腰に巻き付けたワカメを下ろした。

「寒かったね、こっぱ着替えんね？」徳の母、タキはそう言って着替えの帷子と褌を徳に差し出した。

タキはあまりの寒さの為、三度目は海に入るのを避けて、陸で焚火をして徳を待っていた。

この年、数え十三歳になった徳は、無言のまま震える手でタキから着替えを受け取ると、今日三度目の作業を終えてタキに背中を向けて着替え、濡れたざんばら髪を乾かした。

七つ時の潮は夕暮れに急かされて短く感じ、あっという間に満ちてくる。有明海に注ぐ早崎瀬戸は潮が流れ出すと動きも速く、もうこれ以上入る事は出来ない。

徳の家でも年に一度、一潮で終わる今年のワカメ取りを終えた。

今年の時期は天候にも恵まれ大量の収穫があった。長年にわたり人手不足や、悪天候による農作物の不作の上、藩の年貢の取り立ても年を追う毎に厳しくなっていく中、昨年度はまだ海藻類までの取り立てはなかった。せめて今年はワカメだけでも満足に取れた事にほっとしていた。

役人が襲ってきたのはワカメの収穫が終わった、あくる日の夜であった。騒動の後で、役人が引き揚げた後も徳は、興奮でなかなか寝付けなかった。それでも幾らか眠っていたのか？　一夜明けて明るくなって目を覚ますと、静かな朝であった。

何時も寝坊すると、母のタキが喧しく起こすのであるが、どうしたことか、今朝は妙に静かな朝である。

家の囲炉裏の火は焚かれていて、薪が弾ける音がして三つ違いの妹のシヲはまだ寝ていた。

昨夜、狭い家の中で侍に刀を振り回されて、あれほど恐怖で震えていた両親の姿は見当たらず、嫌な予感がして恐怖で胸の動悸が高鳴った。

昨夜の騒ぎの後で、朝早くに自分が知らない間に又、侍が来て何処かに連れていったのでは？と思ったが、囲炉裏端に新しい薪が置かれているのを見ると、そうではなさそうだ。

それにしてもよく冷える朝である。外に出て徳は思わず「ウァー」と声を上げた。そこには、思いがけない景色があった。

一

一面の銀世界である。島原地方にも毎年、一度や二度雪は降る。でもこの時期に、これ程の雪を見るのは徳には初めての経験である。

「オーイ、シヲ、起きて見、雪や、雪ん積もっとるばい」

徳は、この地方では滅多に見ることのない大雪にまだ、大はしゃぎする年頃である。

ここ数年、幼い徳に覆いかかる苦難を雪景色が一瞬の間、忘れさせてくれた。

昨日夕方から「ちらほら」と降り始めた雪が一夜明けると嘘のように積もっている。雪の天草の山から昇る朝日は晴れ渡った海向かいの天草の雪の尾根を白く照らしている。

徳の家の前の雪に埋もれて、収穫後の種取りの為に残した大根畑の隅に、高く伸び過ぎた橙の木がある。白い帽子を被った金色に輝く大量の実から滴る雫が、朝日に反射して眩しい。

「雪や、雪、こがんよーんに積もったん、初めて見たね、ねーあんやん（兄さん）」起きて来た妹のシヲも驚いた様子ではしゃいだ。

「ほんなこっよ、おんも、初めて見っよ、きれかねー」

「おっとんと、おっかん何処行ったん？　朝の早から、ジンジー（爺さん）は、おると？」

シヲが聞いた。

「知らんばってん、ジンジーもおらんごてあっよ?」

「又、村の寄り合いじゃろか?」とシヲは昨夜の拷問を思い出して哀しそうに聞いた。

「寄り合いは朝早うせんば、役人に見られたらバンバー(婆さん)や、ねーやん、ごて、みんな殺されてしまうやろ?」

「残った人はみんな逃げていったもんね」と言ってシヲは遠くを見つめて涙ぐんだ。

「俺らも何処かに逃げんばたい」と徳が言うとシヲの目からは大粒の涙が零れ落ちた。

「ここんとこ寄り合いばっかりやなー。ねーあんやん、シヲはこれから何処逃げていくと?」

「あんやんにも、わからんばって、こんな村にはもう住めんばい。作ったもんは、みんな役人が持っていくし、米なんか種米の一粒も残っとらん。米とか麦や粟ばっかっじゃなか。一昨日までに取ってきたメノハ(ワカメ)も、みんな持っていかれた」徳の声も震え目からも大粒の涙がこぼれた。

「役人のすっこっには、我慢出来んもんね」とシヲも震える手で涙をふいた。

「潮が終わるのを待って根こそぎ持っていかれた。百姓や漁師は何ば喰えって言うんやろ? あのバカ殿様は?」

「あんやんが寒か思いばして取ったメノハは渡せん言うておっかんも泣いてたもんね」と言ってシヲも目に腕をあてて声を出して泣き出した。

昨夜の悪夢のような出来事が幼いシヲの頭から離れて、雪景色に目を取られていた束の間の忘却から、現実に返り不安そうな妹を徳は抱きしめた。

島原の殿様に人の情や常識など存在しなかった。財政が逼迫した藩の役人は突然農民や漁民の家に入り込んで刀を振りかざして、土下座して泣き叫ぶ藩民から強盗のように食料を奪って持ち去っていくようになっていた。

元和二年（１６１６年）大和宇陀郡五条の領主であった松倉重政が島原藩に入部して以来、これまで寛大であったが、寛永三年（１６２６年）から始まったキリシタン弾圧もピークに達していた。

徳が住む口之津村早瀬地区は島原湾の入り口、早崎瀬戸に面している。この村も寛永四年真夏の蝉が鳴きしきる朝に行われた取り締まりで、最後まで棄教に応じない人の見せしめの死刑が執行され、拷問により棄教に応じた人達も、その殆どの人達が地下に潜伏していった潜伏キリシタンであった。徳も生まれながらにして、ガブリエル徳の洗礼名を持つキリシタンである。

豊臣秀吉により大和郡山から伊賀上野へ転封《てんぽう》を命じられた筒井定次《さだつぐ》の家臣であった松倉重政は慶長五年（１６００年）関ヶ原の戦いに於いて、前主君の定次と同じく徳川方として参戦するも、定次とは行動を共にしなかった。重政には密かな戦略があったからである。

戦が始まっても日和を見て重政は動こうとはしなかった。定次が豊臣秀吉によって大和郡山から伊賀に転封された後に、重政は石田三成に豊臣家直属の家臣に取り上げられたその恩義があり三成とは日頃から内通していて、関ヶ原の戦いで勝った方に翻る準備をしていた。

戦局は毛利家の三兄弟、小早川秀秋の裏切りで、半日であっさりと決した。その後に重政は井伊直政隊に合流して如何にも、戦功があったかのように見せかけたのであった。

関ヶ原の戦いの後で重政は自分の出世の為に邪魔になった前の自分の主君であった筒井定次の追い落としを同じ定次の家臣であった中坊秀祐《なかのぼうひですけ》と結託して企んだ。重政は前主君、筒井定次が豊臣秀頼に内通しているかの如く密告して卑怯極まる手口で自分の前主君を失脚させた（筒井家騒動、１６０８年）。

重政は己の出世の為ならば、どんな事でも躊躇《ちゅうちょ》しない最も唾棄《だき》すべき男である。

そんな愚劣な重政が島原の藩主に就いた事で島原藩民は、地獄の苦しみを味わわなければならなかった。

一

重政の取り締まりは何の前触れもなくやって来た。役人は、各村の村民をそれぞれの村の広場に集めた。

人々は一列に並んで、十字架に磔《はりつけ》にされたキリストが描かれた絵馬を踏むように命じられた。

徳の家族も祖父の保五郎を先頭に徳の父藤吉の順に並び絵馬を踏んでいった。最後に並んだ家族の中で最も敬虔なキリシタンであった祖母のフデは、絵馬を踏むのを拒否した。

それを見た祖父と家族全員は「バンバー踏め、バンバー踏め」（＝婆さん踏め、婆さん踏め）と再三説得に当たった。だがフデは家族の必死の説得にも及ばず、踏絵を拒否して家族の目の前で、栴檀《せんだん》の木の枝に両足を括られ逆さに吊るされた。

夏の暑い日、フデは腰巻一つで裸同然の姿であった。逆さ吊りのフデは滑車で上げられ何度も地面すれすれに下ろされては上げられ、時には頭を敲《たた》き付けられた。

それを哀れ見た徳の姉ミエが「バンバー」と祖母の元に駆け寄り縋って泣きついた。その姉を、役人は祖母から引き離すも、尚も縋り付こうとするミエを突き飛ばして容赦なく

「じゃまじゃ」と言って村人達の目の前で祖母より先に首を刎ねた。ミエの歳は数え十三歳であった。

目の前で、何の落ち度もない孫への仕打ちを見たフデは何度、鞭で打たれ、地面に敲き付けられても棄教に応じるはずもなかった。

「どがんな？　糞バンバーこれで踏むか？」と言って役人は頭が落ちて微かに残った鼓動で首から何度も血を吹き出すミエの死体を横目に言った。

「うんにゃ、踏まん、わしゃキリシタンじゃ殺せ」

「そんなら死ね」

「こんがーき（このやろう）、早う殺せー殺せー」フデは何度も叫び、何度も鞭で打たれた。

その内にフデの口から声が出なくなると役人は栴檀の木の枝に取り付けた滑車いっぱいまで持ち上げ、一気に手を離して止《とど》めを刺した。

村人は「アァー」と一斉に悲鳴を上げて両手の拳を顔の前にして戦慄《せんりつ》して、中には失神する人まで出た。

これまで栴檀の木で鳴いていた蝉でさえも人々の叫び声に戦《おのの》き、何時しか静かになっていた。

重政は元和二年島原に入部後、僅か二年も経たない元和四年にこれまでの、有馬氏の居城であった原城や日野江城を廃止するために、森岳で新しい城の着工に入った。

元々大和五条一万石の城主であった重政が岡本大八事件（１６０９年）後、有馬直純の日向国延岡への転封により、思いがけなく島原四万石の大名に大出世を果たして舞い上がったのである。

身の程を知らない重政は四万石の大名でありながら、身に余る十万石にも匹敵する築城に取り掛かった。

もとより重政の頭の中には島原への転封など毛頭もなかった。大和五条の土地が気に入りこの地に長く居着くつもりでいた。

その証拠に重政は毎年この地域に水害をもたらした吉野川の水流を変えるなど、この地域の今に残る大和五条の街並み改造に転封寸前まで精を出していたのである。

一

【現代に於いても、近年奈良県五條市で、重政二見城入城四百年祭が執り行われた程、五条市民に今尚も、重政は豊後様として敬愛されている】

重政は徳川幕府の転封令を受けるまで何の準備もなく、街並み改造費用などで藩の財政は逼迫していて、破産状態にあり引っ越し費用も藩民からの寄付などでやっとの思いで調達したものだった。

それでも重政は五条の街並み改造に本気で取り組んだ為に、重政が島原に出発の際は町民や農民らが、藩領を出るまで重政に感謝して長い列を作って重政の姿が見えなくなるまで土下座で見送った。

そんな重政に島原転封から二年も経たずして新しい城を造る程の財力は何処にもない為、全ては島原領民に無理な負担を強いる以外方法はなかった。

この島原半島は代々、有馬家が百戦錬磨の末に守り抜いた領土であった。重政は、ただの一度も武将としての経験がなく、ただ日和を見て立ち回って運の良さだけで、五条一万石の藩主に成り上がった。

運の良さだけで成り上がった重政には島原四万石の行政能力、経験さらに知力さえもなく、土台無理な役であった事には違いない。

征夷大将軍、徳川家康も重政を島原藩主に引き上げた事により自分の孫の代まで内戦を引きずる事になったのは大きな誤算であったに違いない。

築城には、徳の祖父保五郎も必要な石積の職人として欠かせない人物であった。父の藤吉も城が完成する寛永元年（１６２４年）までの六年間毎日のように強制されて、手弁当で然も家から遠く野営で駆り出された。

時には乳飲み子を連れて身重のタキも駆り出され、野営での重労働の末に妹のシヲを出産した後、三度の流産を繰り返して身体も弱り、病気がちの日々を送るようになった。

藩内の全ての農民が毎日、城建設に駆り出された為、長年農民は本来の仕事が出来ず田畑も次第に荒れ果てていった。

そんな中でも藩民からの年貢の取り立ては厳しく、毎年悪天候による被害や、人手不足等による不作続きで、米等の穀類は収穫の全てを取り立てられ、その年の種蒔きの時期に種だけが配給として配られて、配給した穀類が全て種として蒔かれるか見届けられる有り様であった。

農民は毎日の食料にも困り、栄養不足による飢餓、蔓延する疫病などで多くの命を失った。

農民は穀物を隠して持っていただけで、鞭打ちの刑に処せられた上に城建設の長い夫役《ぶやく》を科せられた。

夫役を免れ残った老人や子供の手で、手間の掛からない蕎麦を植え、その実を石臼で引いて粉にして水で練ってお湯に浮かべ、ちぎり蕎麦として食べた。

藩民は栄養不足でやせ細り、母乳の出ない母親は茹でた蕎麦の汁を乳飲み子に与えるなどしたため更なる栄養不足に陥り多くの乳児が死んでいった。

他にも海に出て小貝やひじきなどの海藻を拾い、山に行って蓬《よもぎ》とか山蕗《やまぶき》、つわ蕗などで飢えを凌いでいたが、それらの山菜も尽き果て人が口に出来る草木は殆ど残っていなかった。

何時の時代も亡びゆく愚かな権力者は、人々に威厳を示す為には先ず、己の城や館で示そうとする。重政はその最たる魯鈍者《ろどんしゃ》である。

重政は大和五条では、これまでの四倍にも及ぶ石高なら何とかなると思っていたのであろう。所領が四万石でありながら身に余る十万石にも匹敵する巨城を造り上げ、更に幕府に忠誠心を示す為に江戸城改造工事に多額の分担金を自ら申し出て藩民の想像を絶する過酷な搾取を行った。

そんな中を必死で生きていこうとする農民にとっても農業にとっても六余年間の夫役は

長過ぎて取り返せないまでに来ていて、収穫出来ても実入りのない労働に人々は気力をなくして希望を失った。

嘗て戦国時代、九州北部に勢力を持っていた龍造寺隆信が他国から島原半島に侵攻して半島は戦場となり荒れ狂った。その土地が近年やっと復興を遂げて、安堵の日々を送りかけていた矢先の事であった。

藩民は必死の努力の末に勝ち取った自然資源に恵まれた穏やかな土地で、幸せな生活を送っていた。そんな日常の当たり前の日々は、重政が島原藩主に就いた事で脆くも崩れる事となり長くは続かなかった。

それに藩民に追い打ちを掛けたのが、この地を含めて広まっていたキリスト教信仰とそのキリシタンへの徳川幕府の弾圧政策である。

キリシタンへの取り締まりは豊臣秀吉時代から他藩でも行われて、何も今に始まった事ではなかった。

慶長十六年（１６１１年）加藤清正の仲介で徳川家康と豊臣秀頼の二条城での会見後の帰途、家康は目の上のたん瘤であった清正を暗殺したのではともいわれる。その清正亡き後に秀頼の成長に恐れを抱いた家康が、秀頼に国替を押し付けて拒否されるや、挙句の果て寺の梵鐘にまで言い掛かりを付けて滅ぼした慶長二十年（1615年）大坂冬の陣の後、絶対権力者となった家康のキリシタンへの取り締まりは、これまでも緩やかであったがこの村でも何度かあった。

それを徹底したのは重政が新しい城に越して執務を執り始めてから間もない、寛永二年（1625年）。重政が参勤交代で江戸に赴《おもむ》いたおり徳川家三代目将軍、家光からのキリシタン取り締まりの甘さを指摘されるや、重政は幕府の要請に応えようと必死に、他藩に例を見ない、必要以上の過酷な取り締まりを行った。

徳の家は煙が立ち上がる雲仙岳を背にして向かい側に天草の山々が見え、西に麦藁葺《むぎわらぶ》きの母屋、同じ敷地に東には、今では祖父の保五郎が一人で住む小さな離れ、更に東には石垣に囲まれた厠《かわや》、その東側が牛小屋である。苔むした厠の石垣がこの家で何代も住んできたことを物語っていた。

有明海に注ぎ、引き返す早崎瀬戸の潮の流れは早く、多くの川が注ぐ有明海の栄養を頂いたワカメやひじき等の海藻もよく伸び、潮が替わる度に小貝もよく獲れて、天然資源に恵まれた海岸沿いの五十戸程の半農半漁で暮らす小さな村であった。穏やかに暮らす村人を重政の欲望が一気に地獄へと引きずり込んでいった。

村の寄り合いで今日はどんな話をしているのか、三人はなかなか帰ってこなかった。こんな雪の中では畑仕事も出来ず海にも出られまいと思って、今日は徳も久しぶりの囲炉裏番を決め込んだ。妹のシヲは草履でも編むのか三和土《たたき》で藁を敲いている。

「シヲ、草履編むんなら、あんやんの草履も頼むで、もう二足しかなかけん」と囲炉裏端から徳が言った。

草履は磯を歩くと一日で駄目になる。一昨日おろした草履も鼻緒が切れかかっていたからである。

「みんなの分、編んどくけん」と言って、シヲは祖父に教えてもらって覚えたての草履作りが楽しいらしく出来栄えもなかなかの物となり、わが家の草履作りは、シヲの仕事となっていた。

日も高くなり雪も解けていく中、悲壮な顔で三人が帰ってきたのは、徳が起きて一刻程が経ってからであった。

雪で役人も動けないと見たのか何時もより深刻な話し合いをしていたのか遅かった。

「若っか者んな全部逃げろ。今度の手入れで一人も残らんごて殺されしまう」保五郎は囲炉裏端に腰を下ろすなり藤吉に言った。

「逃げるち言うたって年寄りば置いていくわけにはいかんばい。逃げるんなら隣村ごとみんなで一緒に逃げんば」藤吉も言い返した。

「年寄りは今更よそに行っても足手まといになるだけや。若っかもんだけで逃げろ。こんな所に居たって食うもんも全部バカ殿に取られて生きていけん。こんままではみんな死んでしまう。俺もこの世に生まれたんや。子孫ば残したかけん頼むけん五島に逃げていってくれ。五島には人も少ないし、食うもんも多い。隣村ごて外海《そとめ》へ行ったら土地が悪かけん百姓も厳しかって聞いとるけん」

藤吉は子孫を残してくれとの保五郎の言葉には、返す言葉はなく無言であった。寄り合いでの意見は紛糾して家に帰っても二人は言い合った。近々この村にも再び手入れがあるとの噂であったが、それより昨日夕方いきなり藩の役人が来て取り立てていったワカメ騒動で村人は夜明け早急に話し合わなければならなかった。

年寄りは若者を何処かに逃がして村に残った年寄りだけで役人と戦う事を主張し、若者は全員で逃げる事を主張した。いずれにしてもこの村に見切りを付ける事に結論を得た。

重政のキリシタンへの取り締まりは、藩民の人口減少による財政難からの苛立ちも相俟って、日を追う毎に激しくなり、今や常軌を失い、狂ったようになった。

一

重政は、この半島で有馬藩が推奨して広めてきたキリスト教、そのキリシタン達を全て除外してどのぐらいの人口が残るのか把握していないようだ。把握していて、それらを排除してそれで藩が成り立つのか、重政にはそんな行政能力の微塵も感じられない。

今や地獄絵図を見るような半島の人々の生活であった。人々は、役人とすれ違いざまに目を逸らすだけでキリシタンと疑われ、その証拠を見つける為に家中を捜索され、少しでもその証拠となるものが見つかれば雲仙岳に連行され、温泉の熱湯を身体に浴びせられ、立木の枝に吊し上げられ鞭で打たれるなどの拷問を受けた。

二

二十九人の「這《ほ》う這《ほ》うの体《てい》」を乗せた小浜の鯨肉問屋、橘屋の船は夜明け前の引潮を待って、五月晴れの西の空に上弦の月が残る薄明りの中を、役人の目を逃れて、いよいよ、口之津を出なければならなかった。

徳も両親や妹と共に、故郷を捨て祖父一人を残し、後ろ髪を引かれる想いで、未知の国へ旅立つ決意をした。

村人は三組に分かれて逃避する事になった。一組は先に行った隣村の親戚を頼りに陸路で大村藩外海地区に、一組は自らの小舟で天草へ、一組は五島航路を持つ鯨肉問屋の船で五島へ逃避する事になった。残りの老人を中心とした人達は一揆を組織して重政と対峙する事になった。

船を用意したのは村の医者で、町民ではあったが一応、姓を名乗るのを許され、家の門構えも許されていた田口喜右衛門である。

二

喜右衛門は医者とは言っても、薬草を集め調合して、症状を聞いて薬草を売り一財を得た男であった。

田口家も家宅捜査を受けて、喜右衛門の妻が隠し持っていたキリストの十字架の像が見つかるや、家族全員がその像を踏み潰すように命じられた。

それを一人だけ拒んだ妻は雲仙岳に連行されて、翌朝、誰の顔かも分別つかないくらいの火傷を負い、死体は石垣の門の前に畜生の死体のように置かれていた。

その子息で、結婚して産み月に差し掛かった身重の妻を持つ喜兵衛夫婦も、若い子持ちの夫婦二組と一団の中にいたのである。然し、村を出る時には、喜右衛門の姿はなかった。村の指導者として徳の祖父、保五郎らと同じく一団に加わらず半島に残って一揆を企んでいたからである。

一団は、団の中の最年長者の徳の叔父、弥蔵が率いることになった。その中には徳より三歳と五歳年上の従姉妹のソヨとイネもいた。

一団の中には一家全員が処刑されて、逃げていて残った二人だけで参加した兄弟もいた。二人は徳よりも年上ではあるが、まだ嫁はなく、残された二人だけの参加者であった。

弥蔵は保五郎の長男であるが、この村の末子継承の慣わしにより、弥蔵は独立して所帯を持って、徳の父、藤吉が家を継いでいた。

出発に際しては残った家族の誰の見送りもなく、船頭の竿に押されてゆっくり瀬を離れた。船は引潮に乗り帆を上げ月の薄明りの中、満天の星を目印にして進んだ。見る見るうちに故郷が遠退いていく。

徳は一人残った祖父のことが気掛かりで落ち着くことが出来ず、雲仙岳から立ち上がる煙を見つめながら、海に何時飛び込もうか、引き返す事ばかり考えていた。有明海から流れ出る引潮時の潮の流れは速く、泳ぐ事には少し自信を持っている徳でも、岸に辿り着けない事ぐらいは分かっていた。

保五郎は器用な男で、石積職人として知られていて、朱印船が出入りする日野江の港も手掛けた。子供の頃は船大工の修行もしていて、日頃徳が漁で使ってきた伝馬船は保五郎が造った船である。

その手漕ぎの伝馬船の何倍もの大きさの鯨肉問屋の船も二十九人分の最低限の日用品を載せ、二十九人が乗ると身動きが取れないくらい狭い。徳は半島が遠く退くに連れて祖父の事より船が無事に五島に辿り着くかどうかが心配になってきた。

二

橘湾の波は静かである。出発を待つ間にすすり泣きの声も何時の間にか聞こえなくなり帆を上げて半刻程が経つと、諦めからか人々は静かになった。朝の早いこともあり子供の声すら聞こえてこない。

東側を見ると星が輝く空と黒い海との境の水平線が、ぼんやり見え始めた。沖に出ると五月晴れの朝とはいえ、雨が近いのか風が冷たい。風は、艫《とも》に陣取った徳の頬を打ち、帆が揺れ始めて船の速度も上がってきた。

「五島行きにはいい風が吹いてきた、明日は雨になるな」と艫で帆を操る船頭がポツリと言った。

船頭は徳に、出港に際して引潮を待つ間に、五島に何度も鯨肉の買い付けに行った事を話してくれて、徳は少し安心していた。東風に冷え込んだせいか、徳は急にお腹が痛くなり、もよおしてきた。

「おんじ（おじさん）糞んずっぱい」徳はお腹を押さえて便をしたいことを船頭に伝えた。船頭は祖父と父親の中間ぐらいの年恰好で初めて会う人であったが優しそうで、好感が持て、徳もすぐに馴染んで話せた。

「そこに、これで縛ってしい」船頭はそう言って艫柱を指差し命綱を渡してくれた。

徳は船頭に渡された綱を胸に巻き付け艫柱に縛り褌をまくり上げ揺れる船縁から海に尻を差し出した。船は瀬を離れて次第に潮流に乗ってきた。

有明海の引潮に押された船は、橘湾を抜けるのは早かった。長崎半島を抜けると、この先は風に任せての航行である。朝焼け雲の水平線から徳が陣を取る船尾まで一本の光の線が波に揺れている。辺りも微かに明るくなり、二羽の鷗が舳先《へさき》を並飛する。

用を足してお腹の具合もスッキリした徳は、日頃から船で漁をしている船乗りの経験から、自分で申し出て船頭の号令で舵取りを手伝う事にした。隣には歳も近く気の合う作次が付いた。作次の家は海岸から少し入った山裾にあり、農業中心で生計を立ててきた。作次の家もキリシタンで長い間の城建設に携わって事故で長男を亡くして度重なる夫役や、重税に耐え兼ねて一家で見切りをつけた。

朝焼けの薄明りの中、金色の目をした飛魚が船の航行に驚き、船の両脇から頻繁に飛び出しては落ちていく。

沖に行くに連れて、波は次第に高くなってきた。船酔いしたのか子供の嘔吐や泣き声が聞こえてくる。

日頃百姓をして、船に不慣れな隣の作次も船酔いしてきたのか無口になり遠くを見つめている。

「この分では風も良かけん、暗くなる前には五島に着くやろう」船頭は船の到着の見通しを大きな声で言ったので、船内も安堵の声が上がった。沖に出ると五島は北の方角になる。南東から吹く風だから、舵を面舵に取るように船頭は徳に言った。舵を面舵に取ると船は横風を受けて、激しく揺れて橘湾を出る時のような速さは出なくなった。

「今日は航海には良い日和で助かる」心配そうな顔の徳に、帆を操りながら船頭は言った。

二

「沖は何時もこげんに荒れているばいね」徳は船頭に聞いた。

「何も、荒れとらんばい。風ん吹かんば、船は走らんたい」船頭は涼しい顔で言った。

日頃手漕ぎの小舟で祖父と漁に出る島原湾や橘湾では船がこんなに揺れる事がなかったのである。日が昇るにつれ五月晴れの太陽を遮る物もなく、船内は風は吹くものの暑くなってきた。

船頭は女子、子供を帆の影になるように右舷《うげん》へ移動させた。女子や子供の船酔いも激しく、苦しむ姿を見て改めて徳は我が国のバカ殿への怨念が固着してきた。

祖父はこれからバカ殿とどうやって戦うのか、これからも一人で田畑を耕して、漁をして島原で生きていけるのか心配である。だが徳が家を出る時に祖父の強い覚悟を見た。

「ジンジー（爺さん）これから一人で生きていけんばい、一緒に逃げよう」徳は保五郎の腕を取って言った。

「良か、ジンジーはこれからもここで生きるけん、行ってこい」保五郎は徳の腕を突き返した。徳は、その腕力に強い物を感じた。

「行ってこい言うたって、行ったら、帰ってこれんとよ、だんーも」

「良か、帰ってこんで良か、ジンジーは、ここに残って村の人達とバカ殿様ば必ず殺す」

「いや殿様は強か、ジンジーが殺される。今のうち逃げよう」と徳が言っても保五郎は動じなかった。

「徳、ここにはバンバーもいるミエもいる。他の老人も沢山残った。どうしても行けんと言う若い人も残った。ジンジーは一人じゃなか。良かか徳、お前らはジンジーの為に行け。五島へ行って子供ば残せ。そしてジンジーやバンバーそしてミエが島原に残っている事を伝えて生きてくれ。お前の子供にもそして孫にも、その子にも、ずっと、ずっとやで。そんことがジンジーもバンバーもミエも五島に一緒に行くっていう事や。ジンジーの事は心配するな。バンバーやミエを殺したバカ殿様はジンジーらが必ず殺して敵を取る。

良かけん行け、行け徳」

徳は口之津に身内が誰一人いなくなる祖父の事を思うと溢れ出る涙で祖父の顔が見えない。

祖父の両腕を妹のシヲや従姉妹達と、もう一度取って引いたが祖父の体は動かなかった。祖父は父親の藤吉や叔父の弥蔵の最後の説得にも応じなかった。

航行は何事もなく順調に進んだ。もう日も昇って五つ時も随分過ぎたであろうか？　船内から見えるものは相変わらず二羽の鷗と飛魚、それに波以外に何も見える物はなくなった。鷗もよくぞここまで付いてきた事に徳は感心する。

船内の人々は疲れたのか、船底の荷物にもたれて眠っている。母タキと妹のシヲもこの中にいた。

そのまま甲板で船縁にもたれて眠る人もいて、徳の舵取りも、やや面舵のまま、留め置きして動かす事もなく退屈で、海も殺風景で揺れる波にも慣れて、何度も欠伸《あくび》をかみ殺した。

「五島に着くまでは眠ってはならぬ」と、徳は命を懸けて自分らの逃避の手伝いを引き受けてくれて、必死に働く船頭に報いる為にも自分の心に言い聞かせた。

沖を見ると遠くの波が盛り上がって太陽の光線に銀色に光るものが見えた。暫く見ていると無数の光が跳ねながらグングン船に近付いてくる。海辺に生まれ海で育ち漁にも出ていた徳が一度も見たこともない光景だ。鰹《かつお》の大群である。

「鰹や、あがんよけんに（あんなに沢山）」徳は思わず近くにいる船頭に言った。

大群の鰹は見る見るうちに船に迫ってきた。銀色に光る鰹の帯の上を歩けそうな大群に、徳は恐怖を感じた。

「春になると鰹は南の海から潮に乗って北へ移動する魚やから」と船頭は言った。

船頭はこの時期は黒潮や対馬海流に乗って大群の鰹の山が一里も繋がって移動するのを何度も見たことを話した。暫く見とれていると波の上を飛び越えて大群の鰹は船の後ろを横切って去っていき見えなくなった。

もし鰹の大群と衝突していたら、こんな船なんか一気に飲み込まれてしまう。飲み込まれなくても、横倒しにされて沈んでしまっていたのではと思い心配した。

「鰹と、ぶつかった事はなかとね？」と徳は船頭に聞いた。

「鰹は、かしこか、心配せんで良か、何時も船を避けて通るけん」

船頭の言葉に徳は少し安心したがそれにしても、間近で見る、その量と速度たるや、鱗を立てて突進してくる竜の背のようで恐怖以外の何物でもなかった。

暫くすると船頭は潮の流れを見て舵を「取り舵いっぱいにしろ」と徳に言った。日本海に流れる対馬海流に乗ったのである。海流の流れは速く徳の目にも分かった。油断をすると日本海に流されてしまう。西の空は水平線が霞んで風も強くなり、波も先程よりは高くなった。

どうやら船頭の予測通り雨が近いようだ。船は順風満帆に進んだ。

「風良し海流良し日和良し」船頭はこんなに順調な航海は滅多にないと言う。

「五島はもうすぐ見えてくるぞ」船頭もホッとした様子である。

五島近海に入ると小型鯨（イルカ）の群れが迎えてくれた。二十頭程の群れである。群れは船をからかうようにゆっくり並走してくる。鯨にも人間と同じく、目立ちたがり屋がいるのか、それとも、自分達の縄張りに侵入されての抗議の意味からか、徳には知る由もないが、一頭のイルカが船の航行を邪魔するように前を泳ぎ高く飛び上がる。

そのイルカは群れのリーダーかもしれない、他のイルカは、船のそばまで寄ってきて深く潜水して船の反対側に現れる。それでも船に体当たりするような事はしない。

イルカは橘湾にもやって来る事があって、徳も祖父と漁に出た時、何度か見かけたことはあるが数頭の群れである。

五島近海には、これほど沢山のイルカがいるのであれば、さぞ鯨肉問屋の船頭も、帰りは大量の鯨肉を積んで帰るに違いない、徳はそう思った。

船は思っていたよりも順調な航海であった為、これからは速度を落とさなければならなかった。

瀬に上陸するには満潮時を待つ必要があるからである。満潮は真夜中の八つ時である。真夜中の満潮の日を選んだのも、五島への航海経験豊富な船頭の知恵からである。昼間に密入国するには目立ち過ぎてあまりにも危険だ。ましてや海賊が横行するこの島では、油断ならないからである。天気も何とか八つ時までは持ちそうである。

薄雲は出てきたがまだ高く雨を降らすような雲ではなく、日差しも強烈である。

霞の向こうに島らしき物が見えてきた。「五島が見えてきたぞ」と言って船頭が指さした。

徳は島が見えてくると胸の動悸を覚えた。五島で捕まって皆殺しにされるのではないか？　島原で祖母のフデが吊るされて姉のミエが首を刎ねられ首から何度も噴出した血で辺りの草や土が真っ赤に染まったあの悪夢が徳の胸を過《よぎ》った。徳は自分の顔から血の気が

二

引いていくのを感じ頭が朦朧《もうろう》とした。

「徳、どがんした、船酔いでもしたか?」尋常ではない徳の様子に気が付いた船頭が聞いた。

「いや、海賊に捕まったら、皆殺しにされると思うて」

「心配いらん、この辺で海賊には会わん。かわいそうに口之津で大分ひどかめに、おうたもんね」船頭も顔は笑っていたが遠くを見る目は曇っていた。

徳は、自分の気持ちを落ち着かせるのに必死で遠くを見つめたまま返事をしなかった。船は帆を下げて速度を落としてゆっくりと島に近づいていく。隣の作次は船酔いで気分が悪く一刻以上も黙ったままである。帆を低くすると激しく揺れていた船も穏やかになってきた。

五島の島々が間近に見えてきて日も落ちて辺りは少し暗くなり、船は帆を低くしたままで静かに進んだ。船頭は進行方向に何かの目印を見つけたらしく、

「ようし、ここまで来れば」そう言って空を見上げた。

島に近づくに連れて辺りは暗くなり再び星や月の明りを頼りに船は進んだ。徳も緊張して船頭の指示で舵を握った。「這う這うの体」を乗せた船はいくつもの小さな島の間を縫

うようにして進んだ。

徳の叔父、弥蔵率いる「這う這うの体」一行は、船頭の計画通りに全員無事に五島藩の大浜領に上陸した。船頭は一行を降ろして五島の玉之浦に、鯨肉の買い付けに行くのである。


【五島福江島の西に位置する玉之浦地区には、飛鳥時代から存在したとされる大宝寺を宿にして、この寺で日和を見て、多くの若者が遣隋使や遣唐使として大陸に出港していった港がある。

平安時代初期には、空海や最澄も、ここから出港したと伝えられている。

この地域は湾の深くまで複雑に入り込んだ地形を利用して、その頃からイルカの追い込み漁が盛んに行われてきた。

徳が五島に渡った江戸時代には、大浜領は五島藩から独立した八百三十石の大浜主水《もんど》が所領する地域である。

大浜領は福江島の南東部に位置していて南から西にかけては海に面している。

東の開けた鬼岳の麓から北東にかけては五島藩直属の領土であり、大浜領の北の丘から

二

大首山山頂までは未開の土地である。大首山は五島藩主が住む石田の浜から見ると土台の上に人の首が座っているように見える。明治時代以降、大首山はその殆どが個人所有の土地となり、人々は山の木々を燃料として伐採した。山はハゲた老人の頭のように見えた為に、老人の頭、翁頭山と呼ばれるようになった。

以降、大首山の呼び名は翁頭山として定着した。従って大浜領の殆どが開墾されていない未開の土地であり、八百三十石に見合うような田畑はなく、鎌倉時代初期に頼朝の追手になってこの地に居着いた二百戸程の村人の殆どが、南方から対馬海流によって流されてくる貿易船を狙った海賊を生業《なりわい》として生計を立ててきた。

大浜氏の先祖は鎌倉時代初期まで近畿、熊野地方（現在の和歌山県新宮市）で熊野水軍の一員として活動していた。熊野水軍は源平合戦に於いて源氏方の義経軍に従属していた。

義経は自分で持ち前の兵は持たず兄の頼朝の兵を借りて指揮を執っていた。その弟の義経が唯一自由に動かせて、義経に従う兵が熊野水軍であった。

その中でも大浜氏は最も義経に近い人物であった。大浜氏は屋島の合戦や壇ノ浦の戦いで戦功を上げたとされる。源平合戦に勝利した頼朝は天下人となり鎌倉に幕府を置いた。

その後、義経は都に住み、朝廷にもてはやされた。次第に義経の位が上がって朝廷に近づいていくのを恐れた頼朝が、異母弟の義経を排除にかかった。

そのことを知った義経は都から追われ逃げる身になった。大浜氏は、頼朝に追われ、都から吉野に逃れて熊野に辿り着いた義経を奥州平泉に送り届けた真犯人として、頼朝に追われる身となった。

追われる身になった大浜氏は一味を連れてこの五島の地に辿り着いた。この地は約一万八千年前まで大規模な火山活動があった鬼岳（現在鬼岳は死火山）の溶岩流が冷えて固まって出来た西の端で、水がなく、農業に適していなかった。

農業が出来ず人が住んでいなかったこの土地に逃れてこの地に居着いてしまう事になった大浜氏は、富江湾の東の端に突き出た岬の内側のこの地が、海賊を生業とするのに持ってこいの場所として大変気に入った。

大浜氏はこの地に自分の故郷の熊野神社を建立しそれを祀ったのである。この地に居着いた大浜氏はその後、鎌倉時代から室町時代にかけて、倭寇といわれ、猛威を振るった五島八氏の一人に数えられた豪族に名を連ねた。

北の小さな島である宇久島、松浦党の流れを組む宇久氏（後の五島氏）、同じく松浦党で中通島に勢力を持っていた青方氏、奈良時代、聖武天皇に反旗を掲げて乱を起こした藤原広嗣が五島で囚われて逃げ延びた子孫が若松島に住み着いて、この島を収めた藤原氏、奈留島の奈留氏。五島列島最大の島、福江島には四つの勢力があった。北西部にこの島の最大の実力者、玉之浦氏、北東に貞方氏、南東に大浜氏、鎌倉時代後期九州薩摩半島から福江島南西部に移住して、富江湾の西の周囲を崖に囲まれた小さな村に拠点を置き、倭寇の一翼を担った田尾氏である。この時代の五島列島はこの八氏の力が拮抗する中で保たれてきた。

二

だが宇久家十五代当主、宇久覚氏が松浦党援護の元で五島北部の中通島を攻めて領主の青方氏を臣下に収め、次第に南下して若松島の藤原氏も家来にして、抵抗した奈留島の奈留氏を滅ぼし、西暦1383年ついに五島最大の島、福江島にも侵攻した。

宇久覚は弥生時代からの豪族で、福江島北西部を治めていた玉之浦氏と北東部を治めていて勢力を分け合っていた貞方氏の領地に侵攻して貞方氏を滅ぼし、福江島の一部も占領してしまった。

五島列島は宇久覚が五島列島の最大の島福江島に侵攻したことで勢力バランスが崩れていった。その後、宇久氏は貞方氏の領地であった福江島北東部の石田の浜に拠点を変えて、明王朝に追われた支那大陸、最大級海賊の頭目である王直《おうちょく》を囲い、その王直の力を借りて朝鮮半島や支那大陸までにも活動の場を広めて、海の上に留まらず朝鮮半島や大陸の海辺の村を襲う倭寇として恐れられた存在になった。

その後王直は、明王朝に和国との貿易の権利を与えるとの陰謀の罠にかかって、帰国して行き、帰国した港で、その足で即、有無を言わさずに処刑された。

その後、宇久家は覚が亡くなり、子息の十六代、宇久《うく》囲《かこむ》の時代に入った。囲は変わらず福江島北東部に拠点を置き活動してきたが、囲は再三に渡り福江島の他領に兵を向ける等して、他の領地を窺った。

元からの領主である玉之浦納《おさむ》氏は、後で侵入した宇久氏の余りの素行の悪さに業を煮やし大浜氏と結託して1507年、ついに宇久氏領に侵攻した（玉之浦納の反乱）。侵攻された若き囲は破れその地位を失った。

玉之浦家は飛鳥時代にはこの地に住んでいたとされて、朝鮮半島や大陸の隋や唐との交易で栄え、又、室町時代には玉之浦湾の複雑な地形を利用したイルカ漁を盛んに行い、財を得て島一番の豪族になった。

玉之浦納に敗れた囲は妻子を平戸に逃がして福江島南部の小島、富江湾のど真ん中、黒島に於いて自害しその生涯を終えた。

乱に勝利した玉之浦納は敗れた宇久囲の妻子が平戸に逃避するのを深追いしなかった。妻が美人で二人の子供の姉弟も余りにも美しく、幼過ぎたからであった。

囲の美人妻は平戸の松浦氏に囲われる事になり、後に松浦氏の元で大きく育った囲の遺児盛定は、１５２１年皮肉にも自分の命の恩人である、年老いた玉之浦納を松浦党の助勢を受け、玉之浦領に攻め入り滅ぼす事に成功した。

玉之浦納の情により命を拾った盛定は、老いた納の妻や子供、幼い孫や同系の女子子供にも一切の情をかけず容赦せず皆殺しにして、玉之浦領だけではなく先代の覚が貞方氏から奪った旧領をも取り返し、五島列島の先住民が培ってきた大半の領土の占領に成功した。

二

その後、盛定の子息、純定が福江島南東部に勢力があった大浜領に侵攻して、玉之浦納の甥でもあった、領主大浜治郎大輔の娘だけを残して滅ぼし、純定の次男、玄雅《はるまさ》を養子として送って乗っ取った。純定は五島列島全域を制覇して、宇久家代々の守護神である塩津神社を大浜の地に建立して祀った。

これで宇久家（五島家）は福江島全域を支配下に置くことに成功し、その後、純定の長男、民部の死去により玄雅は五島家に戻り家督を継いだ。その後大浜家には玄雅の子、女子に宇久家の同族で家臣の鳥山四右衛門正継の次男、主水正重を養子に送り込んだ】

三

「這う這うの体」が乗った船は五島で最大の島である福江島の南端、富江湾のど真ん中に位置する瀬に着いた。

満潮時の薄暗い月明りの中であった。瀬に降りても潮が引くまで丘に上がる手立ては、なさそうだ。瀬の後ろの崖は高く崖いっぱいに潮は満ちている。

富江でもイルカ漁が行われていて、船頭は玉之浦に鯨肉がない時に富江に立ち寄る事もあり、この瀬に目を付けていたのである。

黒島が間近に見える瀬は船を係留させるには都合良く、細長い自然の桟橋で相応しい場所であった。

細長い瀬の前に丸い瀬があり、瀬と瀬の間の深い場所に船は投錨《とうびょう》した。

（この瀬は現在長瀬とよばれ、長瀬の前の瀬は泥鰌瀬《どじょうぜ》とよばれて瀬釣りの名所となっている）

三

船酔いしていない徳は一番先に降りて子供と女性の上陸を手伝った。潮が引く前に陸揚げの作業を終わらせねばならない。

漁師で船仕事に慣れている徳は揺れる渡し板の上を何度も往復して、子供を負ぶって荷物を降ろした。荷下ろしが終わると、鯨肉問屋の船は直ちに瀬を離れた。

「ワシもキリシタンだ。何時かは追われる身になるかもしれん。頑張れよ。あの砂浜から上の山の下には誰も住んどらんけん行ってみろ。又の航海で訪ねるよ、又会おう」と言って船頭は微かに白く見える砂浜の方を指さした。五島の何処に住むとも分からない飄々隊を杞憂しているようだ。

「船頭さん、おおきん、おおきん、達者でね」

船頭と一同は手を振り合って別れを惜しんだ。子供のいる一同が瀬を移動するには潮が完全に引くのを待たなければならなかった。

船が離れて一刻程が経つと、月も次第に雲の中に入り辺りは星も見えない暗闇の中に入ってしまった。

何一つ見えない瀬の上では泣き叫ぶ子供を母親が抱きしめて「目をつぶって、目をつぶって」とあやしている。

風も次第に強くなり霧雨が一同を襲った。徳は霧雨の中、瀬を離れていった船頭が心配であった。

船頭の船が闇の中でどこかに係留出来たのか案じた。「おんじの事や一刻もあれば何処かに避難してるやろ?」と徳は自分に言い聞かせた。

とはいうものの、徳も一歩も動けない暗黒の瀬の上の風の強さに息苦しさを感じ不安は一層募った。

「さむかー、さむかよーおっかー」子供達の震える声が聞こえてくる。

「眠らんごてせんばいかん」と大きな弥蔵の声であった。

こんな寒さの中で眠ってしまうと子供達が体温を奪われて低体温症で死んでしまうと弥蔵は思ったからであった。

「這う這うの体」一同は、不安の中で夜が明けるのを待つ以外手立てはなく、冷たい海には霧が立ち陸に向かって吹き付ける。海の中に突き出た瀬には風や霧を遮る物もなく、ただ七家族は孤立した瀬の上で、めいめいの家庭から持ち込んだ筵《むしろ》の中で抱き合い丸く包まって声を出し合って、潮が引き明るくなるのを待つしかなかった。

皐月とはいえ、海の東雲《しののめ》はよく冷える。潮も引いて長かった暗闇がようやく明けて辺り

三

が何とか見えてきた。

闇が漸次《ぜんじ》に明るくなり辺りが見えてくると一同は瀬から移動する事にした。瀬から丘に二十九人もの大勢の人が移動するには霧は人目に付きにくく都合が良かった。

一行は崖を避けて船頭に聞いた通りに近くの砂浜から丘の上を目指し登ろうとした、その時であった。

臨月に差し掛かっていた田口喜兵衛の妻オサダが産気付いて砂浜に蹲った。一同の女性達はオサダを取り囲み白い砂浜に筵を敷いて寝かせた。

「お湯、早う、お湯ば沸かさな」女性の輪の中から誰かの怒鳴り声が聞こえた。

「近くに水は、なかか？」輪の中からは更に怒鳴り声が聞こえる。

そんなに広くない砂浜で水は霧の中でも探さなくてもすぐに見つかった。砂浜の中央に白く透き通るようなせせらぎが一本走っている。せせらぎの上流は砂に囲われた大きな水溜まりになっている。

水溜まりは小さな滝から滔滔《とうとう》と注がれている滝壺になっていた。滝壺の周りを芦が茂って滝の水音を遮っている。

徳は輪の外で、ただうろたえるだけで、何も出来ていない喜兵衛が滑稽に見えてきて今にも吹き出しそうになるのを必死に堪えた。

徳もこんな身近でお産に遇うのは初めてで、他人の子であっても、ある程度緊張はするものの喜兵衛の滑稽さがそれを打ち消してくれる。

弥蔵ら大人達は、海岸の石を集めて竈《かまど》を作り、枯れた芦を集めて鍋に汲んだ水を掛けた。

「誰か種火は持っとらんか？」と弥蔵が言った。

弥蔵が火を点けようとしても島原から持ち込んだ種火が消えていたのである。

夫々に自分の懐の種火を確認しているが、竹の火壺は瀬で霧雨に打たれて消えてしまって、火が残っている人は誰もいなかった。

徳も家を出る時、祖父の保五郎に樫の木で作った真新しい火壺を渡されて腰に紐で巻いていた。壺を取り出して中を確認しようとしたが火壺の蓋が開かなかった。両手で思い切り引っ張っても徳の力では開けられなかった。

でも壺を手で触ると微かに温かった。

「おっとん、こん壺はあったかよ」と言って徳は壺を藤吉に差し出した。

「あーほんなこっ、こんなら、火は残っとるばい」

三

藤吉は徳から壺を受け取ると竈から太めの芦を取り出して縦に四半に割るとその一かけらの先を鉈《なた》で削って壺の本体と蓋との間に差し込んでこじ開けた。すると密封された火壺の中には灰がぎっしり詰まっていた。灰の中から燃え尽きずに残った赤い炎が出てきた。

「火種が残ってるばい」と藤吉は大声で言った。

「良かった、良かった」他の男達も口々に言った。

船大工の心得もあり、木工品にも長ける保五郎は長い間、船で漁をしてきた経験から密封されずに空気に晒され燃え尽きる事の多い竹壺よりも樫の木で密封された火壺の方が長持ちする事を知っていたのであろう、徳は改めてジンジーの知恵に敬服した。

明るくなるにつれて霧も次第に晴れてきた。辺りは静かに寄せては返す波音と筵の中のオサダの呻き声だけが聞えている。

相変わらず喜兵衛は筵の外を滝壺の水澄ましのように、筵を気にしながら筵の周りをぐるぐる回っている。筵に近づいては離れ、離れては又戻る喜兵衛の行動は、盛りの付いた雄鶏が雌鶏を追うような仕草に見えて滑稽だ。徳ら若者にとってはする事もなく退屈な時間である。

この分だと赤子が生まれても、この場を暫く動けないはずだ。若者は話し合って瀬に戻って貝を拾いに行く事にした。貝拾いには潮も引いていて都合が良いからである。

徳も年上の男達と一緒に昼の食料確保の為に、瀬に戻る事にした。早く落ち着く場所を目指して早く上がる事だけを目指していた一同であったが振り返って磯を歩くと貝は瀬に戻らなくても潮が引いた岩場で、ふんだんにみつかった。

島原では人が獲り過ぎて微塵《みじん》もいなかった貝や海胆《うに》が五島では獲り放題にある。石を起こすと石の下から大きな蛸《たこ》も労せずして出てきた。

「この近くに住めば当分の間、飢える事はなかばい、五島は良かとこね」男達は口々に言った。

一同の誰もが五島に着く早々に海に大量の宝物があるのに安堵した。この分だと嘉兵衛に子供が出来てお祝いの午餐《ごさん》のご馳走にもなりそうだ。男達が大量の魚介類を担いで砂浜に戻ると喜兵衛が大はしゃぎで迎えてくれた。喜兵衛は筵の中に男達を無理やり押し込んだ。

「見て、見ておなごん子や。どがんね？　俺の子や綺麗かろが、珠ごて光とるばい。こん、砂浜ごて綺麗かね。こん子は白か珠んごて綺麗かたい。こん砂浜はこん子ばくれた光《こう》珠子《じゅし》の浜や」と嘉兵衛が言った。

三

【喜兵衛が名付けた光珠子の浜は、現在も夏になると五島では三井楽の高浜と並び海水浴場として賑わっている】

「こん子の名前は、おちゅん」喜兵衛は子供が生まれる前から子供の名前を考えていたのか、即座に一同の前で生まれた自分の子供の名前を高らかに宣言した。

一同は思わぬ出来事から砂浜で足止めされる事になった。

翌朝は雨だった。本降りの雨ではないが打たれりゃ濡れる霧雨だ。昨日は沖に見えていた二つの島も霧で全く見えなくなっている。

【海に向かって右側の島が黒島、左に見えるのが黄島《おうしま》である】

一同は、波に打たれて、くぼんだ岩陰に身を潜めて朝から焚火をして雨を凌いだ。雨は昼になっても止む気配はないがこの程度の雨ならば赤子とオサダが濡れない位の手立ては出来る。

一同はオサダの容体を見なければ動けない。幸い浜には滝の上に大量の山蕗も自生していて、食料も調達出来て当面は飢える事もなさそうだが、海辺からいきなり崖になったこの地では住居も確保出来ないし危険も多い。早く安住出来る場所を探して移動しなければならない。

二日目の朝も霧は晴れなかった。昨日程ではないが島は隠れたまま出てこない。一晩休んだオサダに容体を聞くと何とか動けるとの事である。

食すると母乳の出が良いといわれる蛸をオサダに朝から食べさせて船頭に言われた浜の上の高台を目指した。

砂浜から丘に上るには、道もなく人が歩いた気配すらもない原生林を行かなければならなかった。

先頭を歩く叔父の弥蔵が蜘蛛の巣を分けながら、鉈で木の枝や葛《くず》を払い除けて歩いた。徳ら若者は荷物を持って子供の先導をした。オサダの状態を見ながらゆっくり、半刻も歩くと東側に大浜の集落が見える高台に着いた。そこには松の大木が一本あった。

松の木は、どう見ても人手を掛け造り上げたような枝ぶりである。

「どうしてこんな原生林の中にこんなに美しい松の木があるのか?」徳は不思議に思っ

た。

松の枝は一円にたれ下り、地面に着きそうな枝ぶりは見事である。この木は高台で何百年も絶えた風衝木に違いない。

一同は弥蔵の指示で茂みの中の一本松の下の藪を取り払って、腰を下ろす事にした。

この松の木の下なら多少の雨も日差しも大丈夫のような気がした。日が昇ると次第に霧も晴れて西の岬には虹が架かってきた。

五島に着いて生まれたばかりの赤ちゃんを入れて三十人の「這う這うの体」は五島に着いたものの、これから何を食べどうやって生きていくのか想像する事も出来なかった。

島原でそれぞれの家庭で用意して来た粟飯などの食料も果て、人々は言葉も少なく一様に疲れ切った表情をしている。

一本松の高台から見える麦藁屋根の百戸程の大浜の集落の辺りに田んぼや畑らしきものは殆ど見当たらなかった。徳はこの集落が何を生業にして生きているのか、そら恐ろしくも覚えた。この島には沢山の海賊集団が横行していると船頭に聞いていたからである。あの村人は少なくとも農業をして暮らしているようではないと徳は思った。

三

【富江湾の一番深い場所に位置する一本松の丘から東に見える大浜の村は、島原の農村とは違い家の密度が高い村である。北側の山脈、大首山は東西に伸び未開墾の雑木の森が一本松の丘までつながっている。一本松から北の方には人は住んでいない。

南は東シナ海に面していて海に向かって湾の西の端、平崎から左に黒島が見えて更に左に見える島が黄島である。黄島の東に見える島は赤島で、黄島と赤島の間には三島の小島もつらつらに見えて大浜の村の上に見える鬼岳の低床林から山頂の若草へと一本松の丘から望む風景は絶景である】

「ここなら、下の集落の人の動きもよく見えるし、多分下からは上の様子は見えまい。ここなら海も近い。ここで当分様子ば見ろかい」と弥蔵が言った。

当分の間、この場所に安全のため皆で留まって生活する事にした。この場所なら大首山までの平地も多く開墾しやすい場所でもあり、即座に食料を調達出来る海も近くにあり、ここなら三十人が当分飢える事がなさそうと弥蔵はそう考えた。

先ずは、島原から持ち込んだ木の十字架を松の木の根元に挙げて、オラショを唱えて祈りを捧げた。

三

大浜の集落を見下ろせるこの地は、大首山までのやや傾斜になった北側を開墾すれば人目に付きにくく、水も豊富にありそうだ。

落ち着き場所が決まった以上、一同は、じっとする訳にはいかなかった。弥蔵の指示で当分の間の塒《ねぐら》の確保をする人、今夜からの食料の確保に当たる人、土地を耕して島原から持ち込んだ蕎麦や粟の種蒔きの準備をする人、夫々に役割が与えられた。

徳と作次ら若者は、塒の確保に当たる事になった。塒は相談して松の木を利用する事にした。枝と枝の間に竹を渡して屋根に萱《かや》を葺《ふ》けば円型の館が出来上がると思ったからである。

屋根にする芒《すすき》は近くに大量にある。だが竹藪が近くに見当たらなかった。徳と作次は竹の確保を任された。二人は松の木に登り、辺りを見回して北側奥に竹藪を発見した。

幸い松の木の上からも西側にも北側にも集落は見当たらず、人の気配すらしなかった。二人は松の木から降りると鉈を持って道なき道を北に向かって下って歩いた。暫く歩くと二人は、獣が通った後なのか、やけに通りやすい場所に出てきた。辺りは蕭条《しょうじょう》とした下り坂で、猪が何度も往復したのか、獣道《けものみち》伝いには糞も見つかり、つわ蕗の根を掘り起こした後もある。

「近々、ご馳走ば食えるばい」と作次が言って二人は顔を見合わせた。

下り坂になった獣道に導かれて進むと小川に出た。小川の淵には芦が群生して、土手沿いは上からは見えなかった竹藪になっていた。

こんなに近くであれば何度か往復出来る。二人は持てるだけの竹を切って、担いで持ち帰って暗くなるまでに六回も往復した。

円型の塒は弥蔵らにより思うより早く出来上がった。屋根は残った人の手で萱を葛の蔓《つる》で分厚い筵に編み上げて竹の上に乗せて縛った。萱の筵は外壁にも内壁にも使われて若い夫婦の為の個室も出来、竹で組んだ床の上にも敷いた。水はけの為の溝も掘って、上の松の枝の葉と二段構えの屋根は、来る雨期に備えて準備は万全である。

一同が五島に行き着き松の木の下に住まいを構えて十日が経った。朝から連日、四つ時まで霧雨である。四つ時まで降る霧雨も、九つ時には止むが毎日すっきりしない鬱陶《うっとう》しい日が続いた。土地を開墾するのに雨には閉口するが、雲がかかって人目に付かない事はありがたかった。

男達は食料集めに奔走する毎日である。この日、徳も作次に誘われて竹を取りに行った場所の獣道に猪の罠を仕掛けに行った。

罠は猪が通りそうな道に穴を深く掘って落とす簡単な方法である。山の斜面は雨で柔らかくなっていて掘りやすくなっている。穴は猪が登れないように垂直に掘るように作次に指導される。二人は鍬で掘った土を竹細工の得意な作次の親父が編んだ箕《み》に入れて上にあげる作業を交代して一日がかりで二つの罠を完成させた。

罠の底には猪が好きな匂いのする山ユリの根や、つわ蕗の根を入れて誘った。穴の上には細い枯れ枝を覆って上には雑草をかぶせて見えなくして、人が落ちないように竹竿を立てて目印をした。

徳は作次に連れられて毎日、日の出と共に起きて食料を探して森の中を歩いた。二人が毎日歩いてもこの島には人が少ないせいか、山の中で人と出会う事もなく、山には人が歩いた跡すら見当たらなかった。

初夏に山を歩いても山菜も時期が過ぎていて固くなっている物が多い。そこで二人は島原から作次が持ち込んだシュロの皮の繊維で編み込んだ網を張って上の方から藪に小石を投げて雉《きじ》や野ウサギを追って猟をした。小川には、竹で編んだウナギ籠も仕掛けて時々収穫もある。

二人が朝の内に山歩きしてから帰ると他の男達と昼間には畑の開墾に励まねばならない。日暮れを待たずに磯にも出かけて暗くなるまでの僅かな時間、二人で雨の中、毎日出かけて作次の親父が竹で編んだ蛸壺を岩の隙間に仕掛けて、この時期によく獲れる蛸漁をした。泳いでサザエ等の貝類も獲って帰る。

大人の女性達も磯に出かけて塩炊き用の塩水汲みに坂道を何回も往復して精を出している。

塩を作るには普通浜辺で三、四日掛けて炊く事になる。浜辺で炊くと楽ではあるが、人目に付く事を恐れた。その上にこの所の長雨で塩分も薄く小さな鍋で炊く塩は五日間炊き詰めても僅かな量しか取れず、大変な重労働である。

食料も山菜と海産物だけしかなく口に入る物はそれだけである。一本松の人々は穀物が欲しいと誰もがそう思った。島原から取り敢えずの生活に必要な麦とか粟や蕎麦の穀物の種や大根の種、何処から仕入れたのか保五郎が渡してくれたさつま芋の種とか衣類に必要なからむしの種や原始機《げんしばた》等も持ち込んだ。

【からむしとは、麻の一種の多年草で五尺程に伸びた幹を刈り取って皮を剥ぎ取り、乾燥させて槌の子などで叩いて清水に一月ほど浸して繊維を取り出して更に天日で乾かして衣類等の織物に日本古代から使われた原料である。又1615年ウイリアム・アダムスが琉球から平戸に持ち込んださつま芋は、各藩が藩外への持ち出しを固く禁じていた為に、外国人の航海士がお土産として、持ち込んで広がっていった。

島原ではこの時期珍しく、簡単に手に入るものではなく、五島に持ち込んださつま芋は、現地に来て初めて作る芋、現地芋と呼ばれて稲作の開墾が進むまでの主食として、閉ざされた生活を強いられていた「這う這うの体」を、飢えから救った貴重な作物であった】

三

五島に来てすぐに蒔いた蕎麦の種も、食べられるまでは三ヶ月はかかる。蕎麦は耕さなくても痩せた土地でも育つ植物で何処にでも蒔けば収穫出来るのが特徴である。

急いで耕して蒔いた粟は、そうはいかず蒔く前によく耕さなければならない。蒔いても収穫までに四ヶ月以上待たなければならない。

粟は種蒔き時期も少し遅れた上に森の中の藪や雑草を切り拓いて大急ぎで蒔いた。しかし蒔いた後は長雨で芽がつかず、然も大浜の集落に目立たないように木の影を開墾した為、日当たりが悪く雨の合間の僅かな日当たりしかなく日照不足が心配である。

故郷を追われた「這う這うの体」は、来る日も来る日も朝からその日の食料探しに奔走して、森の大木を切り倒して藪を払って、石を積み上げて畑を造り耕して休む間もなく働いた。

一同は重政の過酷なキリシタンの取り締まりや、想像を絶する年貢の取り立てに追われて五島へ来たものの、よその土地に来ても気が休まる事はなく、一時も安心する日を送れなかった。

丘の上の一本松での必死の生活も、季節も移って四ヶ月が経ち少量の蕎麦が収穫出来た。粟の穂も土地がいいのか、種を蒔くのが遅かったにもかかわらず、まだ青いが、たわわに実りもうすぐ収穫出来る。

今日は五島に来て初めて収穫出来た蕎麦と、乾燥山芋を使って徳と作次が磯で拾って来た貝の出汁で塩味の団子汁を作って祝った。

一同は、島原から持ち込んだ木の十字架の隣に、藤吉が石で掘って祀った十字架のキリスト像に一番先に団子汁を供えて、皆でオラショを唱えてキリストに祈りを捧げた。五島での最初の収穫に感謝して僅かではあるが、新天地に来て自分らの手で耕して収穫した穀物を口に出来た喜びをかみしめた。

五島では島原でのように収穫した穀物を年貢として取り立てに来る者もいないが然し、何時見つかりその後、どのような処分があるのか見通しが付かないのが不安である。

その上に冬に備えての食料の備蓄もない生活には人々は不安であるが、幸い寒くなる前に粟の収穫もあるし、年が明けるまでに蕎麦の収穫はもう一度出来る。

食料の不安はあるが、見知らぬ土地での夫々の得意分野が発揮出来る集団生活は効率的である。徳は強くそう思った。

石工を得意とする徳の親父は石甕《いしがめ》や石臼、碾臼《ひきうす》を掘り、作次の親父は竹細工をして箕や籠等の農具を作る。女子は、むかご取りや、山栗等を拾いに行った。碾臼で蕎麦を碾くのも女子の仕事である。

男達は来年以降の収穫の為に土地の開拓に励まなければならなかった。今度は麦の種や大根の種蒔きに備えて、日当たりが良く然も、大浜の集落からは見えにくい畑を開墾しなければならない。

畑を開墾するには先に野焼きをすれば早いのは分かっている。でも野焼きをすれば下の大浜の集落にすぐに分かってしまう。それを恐れて一同は斧や鋸で木を伐採して、鍬で根を掘り起こして耕さなければならない。

夜の松明《たいまつ》や暗くなってからの大掛かりな焚火も危険な事だとして、弥蔵に厳しく禁止された。

大浜の集落の人々は我々に気が付いているのか、それとも無関心なのか分からないが、彼らが一本松の様子を一度も見に来る事はない。それでも、よその土地に勝手に住み着くには、それ相応の覚悟が必要で「這う這うの体」の人々は怯えから逃れる事は出来なかった。


五島での生活も半年が経ち、徳はこの地に来て初めてのんびり出来た。徳は気が付くと一人、何時の間にか半年前に降り立った瀬の上で声を出して泣いていた。今日は作次ら男衆総出で山芋掘に出かけたが、徳はみんなと一緒に行動する事に気が乗らなかった。昨日粟の収穫が出来て粟を初めて食出来る日で、叔父の弥蔵からの強制も今日は少し緩くなったからである。

だからと言って、一人一日中、何もしない訳にもいかないので、徳一人で夕食の食材にとの思いで貝や、秋になって食出来るようになった磯牡蠣を獲りに来たのであった。

瀬にへばり付く小貝や礒牡蠣を瓢箪いっぱい打ち終えて、瀬に腰を下ろした。黄昏時も早くなり、富江湾の西の岬、平崎に落ちていく夕日をぼんやり見ていて、何時か見た野母崎の山に落ちる故郷の早崎瀬戸に心は馳せていた。富江湾の西の端、高岳は真っ赤に焼けている。燃え盛る炎は尾根伝いの大首山までにも届いている。

徳は五島に来て、これまでに故郷に想いを寄せる暇などなかった。夢にも出てこなかったような気がする。

三

故郷に一人残してきたジンジーの事が胸を過ったのである。島原に食べる物があるのか？　ジンジーは一人で漁をして一人で田畑を耕して生きているのか？　それとも力尽きて死んでしまったのか？　徳は悪夢に襲われて何かに胸を締め付けられるような思いにかられ動く事が出来ず、気が付くと胸も背中も冷や汗でビッショリ濡れていた。

早く帰らねば女性達が作る夕食の支度に間に合わなくなる。暗くなると火が使えないからだ。

秋の日は釣瓶落としだ。暗くなるのは早い。我に返った徳は、麻袋に入れた小貝を肩に担ぎ瓢箪の礒牡蠣を片手に持ち、立ち上がると潮はもう瀬いっぱいに満ちて向こう岸までは、少し水に入らないと行けなくなっている。

幸い褌一丁で濡れる物はない。でも日が傾き水に入ると風も冷たく真夏の海の水と違い随分、冷たくなっている。

水は腰まではなく歩くと時々深みに入り、少し高波を受けると褌が濡れるくらいの高さである。徳は時々打ち寄せてくる波をかき分けて歩いた。

陸に上がって一本松の塒が近くなると、やたらにカラスが騒いで飛び交い鳴き叫ぶ声が聞こえてきた。徳は、何時もと違う光景を目にした。十数羽のカラスが一本松の上空を舞い急に降下している。

徳は、こんな夕方に鳴くカラスに不吉感を覚えて、もしかして何かあったのでは？　五島ではなくても、島原の「ジンジー」に何かあって、瀬での悪夢をカラスが知らせてくれているのではないかと思い、徳の胸も激しく高鳴ってきた。

一本松が近くになるにつれて、徳がこれまでに一度も嗅いだ事のない強烈な臭いがして、不安も一層増してきた。

何か血の臭いだろうか？　雉かウサギを絞めた時の臭いに似ているが、そうではない強烈な臭いの中を急いだ。

一本松に着いた徳を迎えたのは作次であった。

三

「徳、徳かかったで。二頭もかかっていたで。見て、見て、こがん大きな猪が」作次が手招きして徳を呼んだ。

徳が持ち帰った貝などの荷物を炊事当番の従姉妹に渡して手招きする作次の方に行くと、徳より二歳も年上の作次が無邪気に燥《はしゃ》いでる姿に、徳は安心するやら、驚くやらである。

徳はこんな夕方にカラスが騒いでいた理由が分かった。大量の猪肉が既に捌かれていて、西風に晒されるように何本もの竹を横に向斜に並べた棚の上に塩漬けにして干されていた。棚の上には器用に、雨やカラス避けの為に屋根も架かっていた。

大所帯であるから一日でなしえる技であろう。棚の下には塩漬けされた猪の肉汁が垂れていて、棚の下をカラスが行ったり来たり、うるさく騒いでいた。

海沿いに育った徳は、山沿いの作次と違いそんなに猪肉を食べる習慣がなく、何処かで貰った塩漬けの乾燥した猪肉を火で炙って食った位で、生の猪肉がこんなにも臭うものだとは知らなかった。

「徳、明日又、違う所に穴ば掘りに行こう。いっぺん入った穴には、猪は、なかなか入らんけん、もっと奥に行って仕掛けよう」

「奥って何処や」

「もっと川沿いを上って見ようや。上には猪がいそうな所がいっぱいあるばい。今日見てきたけん」

「そがんしようか？　まだ食いもんはいっぱい、いるけんな」山の仕事でリードしてくれる作次に徳は従わなければならなかった。

「そがんたいね」と言って作次も得意げな顔をした。

「ほっじゃばってん、こん臭いはひどかねー」

作次は自分が掘った罠に二頭の猪が入っていた事を子供のように喜び、二頭とも自分が鉈で止めを刺した事を何度も自慢した。

猪は罠の近くの河原で捌いたらしく、棚には塩漬けの肉と、猪のその姿のままで剥ぎ取られた皮が干されていた。

作次によると、猪肉は三日以上乾燥させてから焼いて食えば、臭いも取れて美味いと徳に教える。

「おれも捌いたんや」作次は大人に混じって自分も捌くのを手伝った事を自慢した。

「じゃばってん、こん臭いはどがんかならんか？」

三

「ならんたい」と言って、作次は水で何度洗っても臭う自分の手を徳の鼻に嗅がせた。「臭かー」余りもの臭さに徳が顔をそむけて逃げ出すと、作次は追いかけてきて徳を羽交い絞めにして自分の手を徳の顔にこすりつけた。「アー、たまらんごて臭かー」徳は嘔吐しそうな作次の臭いのする手を払いのけて更に遠くに逃げた。

その夜の粟の初収穫の祝いの晩餐は、収穫したばかりの粟と女達が山で拾ってきた栗を炊き込んだ飯と徳が取ってきた五島の豊富な自然から頂いた磯牡蠣と、作次らが山で取ってきた初茸たっぷりの汁をキリスト像に捧げて「這う這うの体」一同はオラショの後で何時ものように灯りが漏れないように周りを囲んだ焚火を囲み輪になって食事に着いて語らった。

一同が宿る松の木の下の囲いの中の塒では、久しぶりにありつける粟飯の匂いで、竹棚から放される猪肉の臭いを竃で炊きこんだ粟と栗の甘い香りが打ち消していた。

蕎麦に続いて二種類目の穀物の収穫が出来た事に一同は一様に安心して、五島に来て一番のご馳走に舌鼓を打って喜び合った。

徳はあくる日、作次に連れられて夜明けと共に大首山の麓で罠を仕掛けに出かけた。秋も少し進んで櫨《はぜ》の葉も紅く色付き朝晩も冷え込んで仕事をするにはいい季節になったが、雨期に掘った最初の仕掛けのようには進まず、二人は暗くなるまで作業を続けた。

塒の辺りの開墾が進み一本松への風を遮る木々の葉が少なくなり、丘の上の塒に大首山颪《おろし》が容赦なく吹き付けて寒くなってきた。海から大首山を超えて吹き付ける五島の風は冷たく、朝晩の冷え込みも、風の強さも、故郷の島原の秋とは随分違う。

塒には開墾で余った柴や薪を北西側に積み上げて、来る冬の丘の上の寒さに耐える暖に備える準備をした。

明日の事は分からない「這う這うの体」一同に休む暇などなかった。冬を越す穀物もなく開墾の合間にその日の食料を確保しなければならず、この秋に収穫した栗や蕎麦では一同が一週間も主食にすると尽きてしまう量である。

幸いこの島には、保五郎が言っていたように、海の幸も山の幸もふんだんにあるが、自然から頂く生物は、取り過ぎると島原のように何時かは絶える。特に山菜が少なくなる冬場が心配だ。やはり人が食する物は人が作らなければならない事を、一同は島原での生活で身を持って経験している。

開墾も大分進み、畑には小麦や大根の種も蒔き終え、保五郎に持たされたさつま芋の種を教えられたように、落ち葉を集めて堆肥で苗床を作って、後は春を待つ事にした。

食料の備蓄がない不安から一同は来年に向けての立木を切り、石を掘り起こしての開墾に余念がない。

然し、この土地に来て半年以上が経っても、地元の人と誰も、一度も会っていない。この土地を開墾しても、どんな結果を生むのか、大浜の部落の動きを見張りながらの不安な生活は、七家族三十人で一緒に暮らす以外、打つ手がなく解消出来ない。

霜月に入り雨らしき物もなく小春日和が続いた。徳は、来る日も来る日も、石を掘り起こしては積み上げる作業が十日も続くので作次と示し合わせて、弥蔵の目を盗んで夜明けを待たず海に出て釣りをする事にした。

「作やん、昨夜良か夢ばみたよ、なんか今日は良かこんのあっような気がすっぱい」

「徳も見たか。おんも昨夜良か夢ばみたよ。徳の夢は、どんな夢じゃったか？」

「口之津祭りん夢じゃったよ。ご馳走が足の踏み場もなかごて並んで、おんのジンジーも大はしゃぎしてたよ」と徳は言った。

「おんも祭りん夢じゃった。楽しかった。不思議かね？」と作次も言った。

二人は顔を見合わせ互いに同じ夢を見た事に驚いて微笑んだ。

【口之津祭りとは、島原半島でそれぞれの地名を付けて一族の本家で、その日の朝から餅をついてご馳走を作り更に、本家の元に各親戚の家々からご馳走を重箱に詰めて持ち寄り一日中秋の収穫を祝う祭りである。

徳が八歳の時まで半島の各村で行われていた村祭りも重政の重い重税を課せられる事で苦しい生活を強いられるようになり、半島の村々から次第に消えていった。

十一月十六日、徳と作次が同じ夢を見た晩、折しもこの日は、重政が療養先の小浜温泉に於いて、これまで迫害して虐殺してきた多くのキリシタンの怨念が重政の体に移り住んだかのように、重政は自分の首を掻きむしり、もがき苦しみながら、謎の死を遂げて、五十六歳の生涯を終えた日であった】

徳と作次は、人々を苦しめた重政の死を知るすべもなく、息抜きに磯釣りに出かけ、二人で石鯛を含む十三尾も挙げる大漁に顔を見合わせて笑った。

丘の上の落葉樹の木々の葉も落ちて、木枯らしが一本松の塒を容赦なく襲って、深緑の葉を強く揺する。夏には快適だった一本松の木の下に作った塒も冬はどうやら厳しいようだ。

徳は、日が暮れて、大浜の集落を見下ろしていたら、不思議な光景に出会った。何時も夜が明けて交代で下を見張るのは女子の仕事であるから、活気のある徳ら男衆は、力仕事に従事していて、滅多に下の村を見る事はない。ましてや日が暮れてから襲ってくる事はないとの思いからである。慌てた徳は小屋の中の男衆に知らせた。

「村の人が動きよる、舟がどっか、出て行きよるばい」と徳が大声を出すと男衆が出てきた。

「バカやなー。あん船は、これから稼ぎに行くとこや。おっだ（俺達は）何べんも見とるけん、心配するな」作次はさほど気にもしていない様子だった。作次ら男衆のなかには何度も同じ光景を見かけた人がいるらしく、特に珍しくはなさそうだ。

三

舟泊《ふなどまり》には篝火《かがりび》が焚かれて、松明が上がる先頭の船を目印に二、三艘《そう》の船が後に付く。その後には、又松明の船が追いかけて二、三艘が後を行く。松明の小舟が六艘にも及ぶ隊列の海賊船は、暗闇の富江湾を星の明りを目印に、徳らが住む一本松の塒の目の前を、南西方向の男女群島に向けて舟泊を出ていった。

【大浜の村落には海賊船を係留させる小さな舟泊があり、現在でもこの地を小泊町と呼びその地名に、この時代のなごりが残っている。この地域の海賊は、南方から対馬海流に乗ってロシアのウラジオストックや朝鮮半島方面などに向かう外国の貿易船を狙って海賊行為を行い、その上がりは、関門海峡から瀬戸内海一帯に勢力を持っていた旧村上水軍一族の残党によって捌かれていた。

尚、海賊を生業《なりわい》とする大浜地域では、殆どの男手が本業に勤しみ、土地も悪く農業が出来ない地域でもあり、海賊に必要な造船技術すらもなかった。従って、その本業の上がりと引き換えに船や米、麦等の穀物などの提供も村上水軍の残党から受けていて、その関係は昭和の初期の時代まで続いた】

この地に来て半年以上が過ぎ霜月も半ばになると、徳と作次の行動範囲も次第に広くなってきた。この日二人は以前に山に仕掛けた四本の猪の罠を見に行く事にした。

島原であまり山歩きをしてこなかった徳は、以前にさつま芋の苗床用の木の葉集めに来た時「あんなに沢山あった落ち葉は何処に行ったのだろう?」と不思議に思った。

晩秋の山は随分歩きやすくなっている。罠が近くなっても猪の鳴き声はしない。今日は

三

仕掛けた四ヶ所の罠には一ヶ所にも入っていなかった。

「徳、今日は猪も入っとらんけん、こん山ば越えてみようか？」と作次は徳の顔を覗いて言った。

「おっが（俺の）草履は鼻緒ん切れかかっとるけん、山には登れんばい」と徳は山歩きが余り好きではない。剰《あまつさ》え草履の鼻緒が切れかかっていては、とても乗り気にはなれかった。

「あーこんやっあーせからしか（この野郎、面倒くさい）、足ば出せ」作次は持っていた鉈で木に絡む蔓を剥ぎ取って徳の草履を足に縛り付けた。

「どがんな、こっで歩けるか」と作次は子供の面倒を見るように言った。

「あーあんばん良か」と言って徳は苦笑いした。

徳は朝、海に行こうと思っていたが海に出るには潮巡りも悪く作次に誘われるままにここまで来たのだから、ついでの思いで作次の誘いに乗り大首山を超えてみる事にした。

徳と作次にとって山歩きをする時の鉈は常套品である。

ある時は獣に出くわした時の護身用に、ある時は道なき道を歩く時の藪払いにと、それに山からの帰りに必ず欠かせないのが、塒に薪を持ち帰る事である。二人は藪を払いながら大首山の頂上を目指した。

人が入っていない原生林を歩くのは二人が思っていたよりも厳しい。山の中腹に入ると裾野程の、大木も少なく五島つつじ等の低木の合間の芒や裏白の藪を交代しながら鉈で払いのけて上った。

「アー」徳は驚いて突然声を出した。

藪に鉈を入れると徳の足元から雉が飛び立ったのである。

「ばか、捕まえろ」

「アーアー逃げられた」と言って徳は後退りした。

「アーたまげた」（びっくりした）と言って徳は目を丸くした。

「鉈を下ろしたら当たったばい。しょしゃかね（どんくさい）」作次は残念そうに言った。

「雉も羽ばもっとっけん」と徳は突然の出来事に対応出来ず言い訳した。

「今夜ん、しゃーば逃がしよった」（今夜のおかずを逃がした）と作次は未練たっぷりに言った。

「そげんなこっば言うたって、しょんなかたい（仕方ない）」と言う徳にとって、山歩きは驚く事の連続である。

時には野ウサギが足元から飛び出す時もあり、雉も二人の前を何度も飛び出すが道具も持ち合わせてなく二人は一度も獲物を捕まえる事が出来ずに互いになじり合いながら上って、遂に海を見下ろせる場所まで着いた。

遠くに見える海の景色は塒の一本松から見る景色と然程《さほど》変わらなかった。ただここからは大浜の集落が見えないばかりか、自分らの住んでいる場所が、どの辺りかも見当が付かなかった。

頂はまだ先だ。二人が塒を出る時、鬼岳から昇った朝日は二人の目の前にあり、もう八つ時はとっくに過ぎているはずであった。藪を払いながらの山登りは重労働で疲れ切ってお腹も空いた。

「徳、腹んへったねー。何か食うもんななかか？」

「何も見当たらんね？　その辺ば探してみようか？」

晩秋の山には幾ら辺りを見回しても食べ物らしき物は見当たらない。

「そこに椿ん花が咲いとるけん蜜でも吸っとくか」と作次は言った。

作次は椿の木によじ登って少し開きかけた花を千切っては吸い、吸っては捨てた。

「徳、そこにも太か木んあっじゃん、登れ」と言って作次は徳を促した。

「作やん、俺こげんな太か木には登れんばい」と徳が言うと「アーぬしゃ、しょしゃかね、こん木と代われ」と言って作次は木から下りた。

山育ちの作次は自分が登っていた木を徳に譲って近くの大きな木に猿のようによじ登って花の蜜を吸い始めた。

だけど、どれ程の量の花の蜜を吸っても若い二人のお腹は満たされない。

「徳、見つけたぞ」と大きな椿の木の頂上まで上った作次が何かを見つけたのか、椿の花粉でお化けのように黄色くなった唇で徳を見下ろして言った。

「あそこの椎の木、まだ実がいっぱい付いとっばい、ついて来い」

徳は椿の木から降りて作次に先導されて後を追っていくと、作次が見つけた椎の木は椿の木の場所から少し下った谷の、樫の木等が生い茂った高木の密林の中であった。

樫の木の枝を縫って細く垂直に伸びた椎の木は途中に枝もなく徳には、到底登れる代物ではなかった。

「これあー、ひどかね」(これは大変だ)作次の声が鬱蒼《うっそう》とした谷間の森の中で木魂《こだま》した。

自分の胴回りの三倍にも及ぼうかと思うような樫の木の大木の横に細く伸びる椎木を見上げて作次は腕組みして呟いた。

三

「どげんかして、こっぱ腹に入れんば動けんたい」と作次が又一言言った。

徳は椎の木の下に大量に落ちた実を拾って歯で殻を割ってみたが、どの実も虫食いで実は入っていない。中には、小さな虫がそのまま出てくる実もある。

「これあー食えれんばい」徳は自分の歯で割った椎の実を手のひらに吐き出して見て言った。徳は落ちた実が虫食いで食い物にならず、然も自分には木に登れない以上諦めるしかなかった。

「あった、あれじゃん、あれ」と言うと作次は今降りて来た森を駆け上がった。森の中には意外と少ない葛の蔓を見つけたのである。

四、五本の蔓を取って戻ってきた作次は蔓を器用に縄状に編み始めた。作次は幹と自分の胴回りを合わせて葛を円状に結って、今度は何度も強度を確かめて幹と腰に掛けた葛を両手で繰り上げて見る見るうちに枝まで登った。作次は腰に差していた鉈で次から次へと実の付いた枝を落としていった。

徳は作次の食への執念と、自分には出来ない神業とも思える山猿の芸当に、只々見とれた。

作次が落とした枝には、晩秋にも関わらず森の中で日当たりが悪いせいか、夏に気温が低いせいなのか、平地では落ちてしまう実がこの木は、まだ外皮が被ったまま沢山付いている。

　徳は木の下で作次が切り落とした枝を一本、一本、一ヶ所に積み上げた。

「もう、これで良かか？」作次の声が山彦《やまびこ》になって山中に木魂する。

「あー良か、良か、良かよー」徳も山彦で返した。

　作次は落とした枝が徳の背丈になるのを見て、登っていった蔓を逆に下げながら器用に降りて胸の葛を鉈で切り落とした。

「腹ん減っとるけん、うんまかねー作やん。お陰で、椎の実ば腹いっぱい食える。作やんは神様じゃ。うんまか、美味かね」と徳は言った。

「徳、殻ば飛ばし合いしようか」

「そんなら俺も作やんには負けんよ」

　二人は歯で剥《む》いた殻を口に含み唇を尖らして相互に飛ばし合って競った。

「徳、こがんなこっばしとったら今日のうちに山の上には届かん。実ば千切って懐に入れて歩きながら食おう」

「まだ、日が差しとるけん、大丈夫やろ？」心配そうな徳の目は曇った。

三

やんちゃ盛りの二人は、遊びに夢中になって時を忘れて遊び過ぎて、山を越える目的を思い出したのである。

二人はありったけの椎の実を懐に入れて、下ってきた道を再び上り始め頂上を目指した。山の中での時は分からない、だが梢から日も差していて、山の上から見る東側の空は明るい。

蜜を吸った椿の木から上は獣の餌になる物もなく、猪等の大型獣が通った後もない。従って歩き難い山中を、徳と作次は再び藪と闘いながら上らなければならなかった。

二人が大浜の集落を見下ろせる場所に到達した時には日が当たっていたのは黄島の山の上だけになって、日陰になった海は昼間に見た群青色からすっかり黒く塗り替えられていた。

「作やん、日が暮れたら戻れんようになっけん、今日は引き返そうか」と日が暮れるのを不安に思った徳が言った。

「バカ、下ば見てみ。もう真っ暗じゃん、危なか。今日は動かん方が良か。上ばっか見て気付かんかったけんな、仕方んなか」

「今日はどがんすっと、ここで寝っとか？」と徳は不安そうに作次に尋ねた。

「寝っとは、ここで寝ても、どうせ降りて寝ても一緒じゃん、どうせ布団ななか」と作次も返した。

「ばってん、下なら筵でん何でんある。食うもんは、どがんすっと？」と徳はさらに尋ねた。

「喧しかね。今なら筵は幾らでん作らるっ。食うもんは、さっき、椎の実ば食ったけん良か、若っかもんが一片餉《かたげ》や二片餉、食わんでも死なん」兄貴分の作次は年下の徳に諭すように言った。

「徳、今んうち、そこらん萱を取っ払って集めて、こん石ん影に敷こう。一番下には裏白《ウラジロ》ば敷けば良か」そう決めた作次の行動は早かった。

「なして？」

「裏白には虫が付かんけんたい。虫食いの裏白見た事あるか？」

「へー」徳は山育ちの作次がいろんな事を知っているのに感心した。

「そん上に萱ば敷こう、萱は出来るだけ枯れてる方が良かよ。そこん中に潜り込んで寝よう。おいが小んまか時おっとんに怒られて、浦ん山でこがんして、よう寝よったけん」と言って作次は大きな石を指差した。

三

山の日はあっという間に落ちてしまう。日が沈むと山の中では何も見えなくなる事を作次は知っていた。二人はそう高くない山だが藪に悪戦苦闘して、頂上に日のある間に辿り着く事が出来ず、山の中で晩秋の長い一夜を過ごす事にした。

二人は急いで大首山の南斜面の大きな岩の横に、裏白や木の葉を敷き詰め、萱で分厚く覆った塒を造った。塒は岩で西風を防ぎ地上に裏白や大量の木の葉を敷く事で、徳が思っていた程には寒くはなく、快適であるが暗闇の深林からは夜行性の色んな動物の鳴き声が聞こえて寝付かれない。

山裾で猪が騒ぐ音や「ウギャーウギャー」と川獺《かわうそ》の鳴き声も聞こえる。塒の近くを野ウサギか野ネズミか何か、小動物が駆け回る音、梟《フクロウ》が飛び出す羽ばたきなどが頻繁に聞こえる。

それにしても不気味な森の中は日が暮れるのも早いし、朝の日差しも遅い。とにかく動く事も出来ず、眠れない長い夜に徳は閉口し何度も目を覚まして横に寝ている作次の姿を確認した。

徳はそれでも年上の作次といる安心感からか、何時の間にか眠りに就いていて、梢の日差しの眩しさに目が覚めた。だが辺りを見回しても自分の横で寝ていたはずの作次の姿はそこには既になかった。徳は目が覚めて作次がいない事に驚いて辺りを見回したが見当たらず、自分が眠っている間に一人帰ったのでは？と少し不安を感じた。

「何、昼間なら作やんがいなくても自分一人でも帰れるやろ」

徳は独り言を言ったが、いろんな動物が鳴き、さえずり、そして移動する音の中で一人残された朝の森の中では、幼少期から海辺で育ってきた自分には慣れず、不安を感じ、大きな石の上で動かずに作次の帰りを待つ事にした。

徳が四半刻も待つと作次は徳の不安をよそに、大きな山芋を下げて得意満面の顔で帰ってきた。

「徳、どがんな？　こがんな太か芋見たこっんのあんな？」

「太かねー、こがんな太か芋は初めて見っょ」

満足そうな作次の顔から笑みがこぼれる。作次は芋を自分の顔の高さまで上げて、又一言った。「どがんね？　徳」

「あー太か」と言って徳は、何度も自慢する作次の姿を見て自分も祖父と小舟で島原湾に釣りに出かけた時、自分の力では上げられない程の大きな真鯛がかかり、祖父の力を借りて引き上げた事を思い出した。何度も祖父に自慢して興奮の余り、その夜なかなか寝付けなかった事を思い出した。

徳は、作次の満面な笑顔があの時の自分とダブって一緒に伝馬船で漁をした祖父が脳裏に走り、島原に残してきた祖父の無事を祈って作次に気付れないように胸に大きく十字を切って祈った。

「俺には見つけれんばい、さすがやね。作やん」徳が褒めると作次は満面な笑みを更に拳を上げげて誇って見せた。

「徳、今日はこっぱ食ったら又、上がろう」

山の頂上の近くの急斜面になったこの付近は、大木も多く山芋は猪に荒らされずに大きく育ったのであろう。

作次は太く長い山芋を鉈で半分に切って下の柔らかい方を徳に差し出した。空き腹の二人は芋に付いた土を落とし鉈で皮を剥いて塩気も味もない芋をズルズルと平らげた。

「あーうんまかった。元気が出たけん行こうか？」徳は作次の顔を見て感謝を込めて言った。

「さー行こうじゃん、徳」作次はそう言うと勢いよく斜面を登り出した。

徳も作次に離されないようにと思って必死に後を追って駆け上がったが山を歩く作次の

速さにはついて行く事は出来なかった。

「ついて来い、どがんした徳？」大きな山芋でお腹を満たした作次はさらに元気になって徳を挑発した。

「待ってや、作やん、ついて行けんばい」

作次は徳がついて来れない事を面白がって更に遠くまで逃げて挑発した。

最初から山登りは得意ではなく気が進まなかった徳は、作次の挑発に乗って離されまいと必死に食らいついたが、作次の速さにはついて行けず「作やん、降参、降参やで」

徳を負かせた作次は徳に得意のポーズを取って笑いながら上で徳の来るのを待った。

徳も、せっかく、ここまで来たからには山の裏側がどうなっているのか、どうしても確かめたく頂上付近の急斜面を駆け上がった。

徳の息は吐きそうなまでに上っていた。二人は、ようやく山の裏側が見える場所に辿り着いた。

「五島も広かねー」と徳が言うと「ほんなこっねー」と作次が返した。

二人は大きな白い岩の上に腰を下ろし辺りを見回して顔を見合わせた。晩秋の雲一つない大首山の東西に弓なりになった空の下、この場所から見る限り海などは見当たらず、ここが本当に島なのか疑った。頂の裏側は低い山並みが続き、すぐ下の谷間に稲を刈り取った後の田んぼも見える。

大首山の向かいは山、又山に囲われ前は開けた盆地になっている。盆地の向こうには二つの高い山も見える。

三

【二人が見た光景で、すぐ下の谷間の村は、雨通宿村《うとじゅくむら》である。雨通宿村は五島の有力者、五島八氏といわれた島の豪族が拮抗していた時代に、中でも福江島の最有力者であった玉之浦氏が、貞方氏や大浜氏との境に関を置いていた村である。

低い山並みの向こうの盆地は山内盆地である。その奥の高い山は大首山から見て右が七ヶ岳と左が五島の最高峰、父《てて》が岳である。

雨通宿村を境に北東側が旧貞方領で、南が大首山も含めて大浜領である。東西に延びる山脈に沿って北西部が旧玉之浦領である。

雨通宿村を境に、北東部の貞方領や北西部の玉之浦領の開墾が山奥深くまで浸透しているのに対して、大浜領の広い地域の大首山の特に海までの南側のなだらかな斜面は未開の地である。

水量豊かな平野部の開墾が、弥蔵率いる「這う這うの体」が入るまで手つかずに残ったのは、大浜氏が農耕族ではなく海賊を生業として来た事を物語っている。

雨通宿の地名の由来は、北の日本海から吹き付ける冷たい風が大首山に当たり山内盆地一帯に雨をもたらして五島で一番雨の多い場所で、したがって、雨が通り、宿る村にあるとされる。

雨通宿村に降る大量の雨は村を流れて一の川と呼ばれて、弥生時代から農業を主として暮らしてきた、貞方氏の領地、山内盆地を通り岐宿湾に注いでいる。

他にも岐宿湾には山内盆地を通る鰐川と浦の川の三本の川が注いで山内盆地は五島列島で一番の豊かな田園地帯を形成している。

その豊かさ故に、鎌倉時代後期に大宰府の少弐氏の家臣であった宗氏が対馬の阿比留氏を滅ぼして対馬の主となった。その宗氏や、平戸の松浦氏と共に日本海から東支那海の狂者として世界に恐れられた海賊集団、倭寇の一員であった宇久氏に貞方氏は侵略される所以《ゆえん》となった】

「徳、山ん下に家ん見ゆんね？　下りてみようかい？」

三

「あそこなら、百姓ごてあるけん危のうなかろ?」

好奇心旺盛な年頃の徳も、作次の誘いに乗り、大首山の裏側に二人で、下りてみる事にした。山から麓に下りるのにも人が通れる道はなかった。でも山の南側と違い、北側は白いむき出しの岩が多く藪は少なく、大木が茂る森になっている。

森は倒木も多く人手が入った様子もない。辺りは自然に落ちた木の枝が散らばっているが、下り坂も相俟って登ってきた藪だらけの南側斜面よりはずっと歩きやすい。

下りて行くと民家は意外にも近かった。東から西に流れる川の奥に大きな藁葺きの屋敷が見える。裕福な百姓のようである。屋敷の横から川向こうの丘陵まで棚田が広がっている。雉の鳴き声が近くに聞こえ、川のせせらぎの音や、風に揺れる緑樹の葉音が、やけに不気味だ。

五島に来て未だ一度も現地の人と出会った事がない。徳の胸は高鳴った。徳は作次の袖を掴み半歩後を寄り添って恐る恐る差し足で作次に引きずられて屋敷に近づいて行った。

川岸の岩陰から覗いても、屋敷には野良仕事に出払ったのか、人の気配はしなかった。

二人は正面から行って声をかける勇気もなくただ、岩陰から覗くだけであった。

屋敷には鶏を放し飼いにしていて、数匹の鶏が、のんびりと何かをついばんでいるのが見える。

「徳、あれや、あっぱもろて帰ろう」作次は徳の耳元で囁いた。

作次は民家に人がいないのを良い事にして、放し飼いの鶏に目を付けたらしい。

「徳、おいが、もろて来っけん、ぬしゃ、そっば持って、今来た道ば逃げろ」作次は徳に握られていた袖を振り解いて一人で屋敷にすり寄っていった。

一人にされた徳の心臓は今にも胸から飛び出しそうで足がすくんで歩けずに、岩にしがみついた。

作次が屋敷に近づくと、意外にも人の手で餌をやっているのか、鶏の方から作次の方へ寄ってきた。作次は慣れた手さばきで鶏を一羽、二羽と捕まえた。

鶏も最初「ココーココー……」と騒いだが作次が足を掴み逆さに吊るすと鶏は声を出さなくなった。

作次は二羽の鶏を捕まえて帰ってきた。

「こっば持って早う逃げろ」作次はそう言って再び屋敷に引き返した。

徳は作次から受け取った二羽の鶏を両腕で抱き上げた。徳に渡った鶏は逃げようとして再び暴れて騒ぎ出した。

三

「こんバカが、足を持って逆さにぶら下げて逃げろ」作次は動作を見せて低い声で伝えた。

徳は作次に言われた通りに、両手で足を握り逆さにすると鶏の鳴き声は止まった。逆さ吊りにされて鳴かなくなった鶏を徳は両手で下げて、たった今、下りてきたばかりの道なき道を後も振り返らずに竦《すく》む足取りで、必死に駆け上がった。

山の中を一人直《ひた》走る徳の後を山彦が追いかけてきた。山彦は走れば走る程について来る。

人がついて来る気配に怖くなって徳は更に勢いを上げて山の中を駆け上った。

徳は誰か人に追いかけられているような気配に焦燥《しょうそう》とするあまり、動悸が止まらなかった。

徳は誰かに追いかけられているようで、後ろを振り向く勇気さえなかった。徳の両手には、今、窃盗してきたばかりの鶏を握りしめたままである。

「あっぱかー」（恐い）と息を切らして独り言を言った。

徳は一心不乱に道なき道を一人で四半刻程も坂を駆け上がって息が上がって苦しくなった。余りにもの苦しさに負けてしまって歩いた。

それでも山彦はついて来るのを止めなかった。でも、立ち止まる勇気も振り返って見る勇気もない。足音の山彦は徳が歩けば歩く程にもついて来た。

徳にはもう走る体力は残ってなかった。仕方なく覚悟を決めて、後ろを振り返って見た。立ち止まると、自分を追いかけて来ていた山彦の音も消えて後を振り返っても、誰も追ってきていない事に気が付いた。

それでも胸の動悸は収まらなかった。徳は取り敢えず近くにあった大きな白い岩の陰に隠れた。

山の中には風が立木を揺らす音だけが聞こえてくる。徳は足を握って逆さに吊るしていた鶏を地面に下ろして逃げられないように羽を掴み正常に立たせて作次の帰りを待つ事にした。

鶏は立たせると、待ちかねていたかのように二羽とも糞をしたので鶏にも無理な姿勢をさせていたのかと思った。人様が飼っているものを勝手に持ち帰る罪深さに、徳は物心が付いて初めて犯す罪に心で十字を切って懺悔《ざんげ》した。

「作次は自分と同じ道を通ってくるだろうか？」もしかして、人に見つかって捕まってはいないかと杞憂する。

三

辺りの風に揺れる葉音と共に木立が軋む音がして、悪い事をした後の、誰も側にいない森の中で一層、徳の気持ちを不安にした。

高い木立が茂る北側斜面の、日の当たらない薄暗い森の中は不気味だ。暫くすると岩陰から、メジロのさえずりが聞こえてきた。メジロの姿は見えないが、徳が隠れている岩の近くの椿の木で鳴いているようだ。

徳は木立が軋む音にたじろぎ、人が追ってきていないか恐る恐る立ち上がって見たが、人の気配はしなかった。

静かにしていると、メジロもやっと徳が見える所まで下りてきた。メジロは番《つが》いだろうか？　二羽のメジロは交互に「ツーツー」とさえずりながら椿の花に嘴を差し込んで蜜を吸っては次の花へと移動している。何時の間にかメジロは二番いになったようだ。徳はメジロのさえずりに癒されて、胸の動悸も少し静かになった。

二番いのメジロは、よく見ると、どのメジロとどのメジロが番いなのかが、よく分かる。

番いのメジロは、お互い、顔を見合わせるように向き合い、近くの花に同時に嘴を差し込んで吸って同時に飛び出し移動している。

四羽のメジロは徳をからかうように、交互に姿を見せては葉の影に隠れて、時々自分が覗き見されているかのようにも見えて、悪事を働いた自分が恥ずかしく思えた。

徳は見えなくなったメジロに向かって、メジロのさえずりを真似て唇を尖らして「ツー」と吹いてみた。メジロも徳の口笛に「ツー」と返してくる。

徳も負けじと「ツーツー」と吹き返すと、メジロも「ツーツー」と返す。

メジロのさえずりは、更に遠くの方からも聞こえてくる。遠くのメジロに近くのメジロが応えた。

メジロは互いにさえずり合って、交信してるのだろうか？　遠くで鳴いていたメジロの声はだんだんと近くに寄って来た。

再びメジロ同士のさえずりが止まると、徳の方から吹いてやった。山の中はメジロの合唱のようだ。徳は何時の間にか一羽、一羽、違うメジロの薄桃色や黄緑色の胸毛の美しさに見とれた。

椿の木には、もう数えきれないほどのメジロが寄ってきて時を忘れて、徳はそして自分の犯した罪を忘れてメジロと戯れた。

徳は下から人が歩いてくる気配に気が付いて、慌てて二羽の鶏を引き寄せた。

三

「コ、コ、コ、ココ」びっくりした鶏が騒ぎ出した。

徳は恐る恐る岩陰から覗いてみた。作次のようだ。作次は更に雄鶏と雌鶏の二羽の鶏を両手に下げている。徳が持っているのは雌鶏二羽、これで雌鶏三羽と雄鶏一羽で四羽の鶏である。

「作やん恐ろしかったで、心臓が止まりそうやって」と近づいてくる作次に徳が言った。

「もうこんなとこまで逃げて来て、逃げ足ん早かねー」と言う作次の息も上がっていた。

「作やんこげんに四羽も盗んできて、ばちん当たっばい」と徳は心配であった。

「良か、良か、心配するな。来年ひよこば産ませて返すけん、雌鶏三羽もいれば、どれか一羽位はひよこば産むけん、来年、おいの、おっとんに、てぼ（笊《ざる》）でん作ってもろて、そっば添えて返したら良かて」

「誰が返しに行くと？」

「それあー二人で行けば良かたい」

「おいは、あっぱかけん（怖いから）よう行かん」と言って徳は首を横に振った。

「しょしゃかこっば言うな（度胸のない事を言うな）。知らんとこ来て綺麗かこっぱっか言うたって生きていかれんたい」と作次が言うと作次の顔は歪んでいた。

「じゃばってん、捕まったら殺さるたい」と徳は言って震えている素振りをした。

「あん人たちゃ百姓たい。ちゃんと言うて返せばそがんな事せんたい、心配するな」

「じゃあばってん、盗人ばしたとよ。悪かちゃ、こっちたい、怖かよ」

「だってん、人ん物は盗ろごちゃなかよ（誰でも人の物は盗みたくない）。良かよ、良か。近くまで付いてくれば、おいが一人で返しに行くけん」と作次は強気なことを言った。

「今度は盗みにいく訳じゃなかけん、しょしゃんなかたいね、ぬしゃー」と作次は更に続けて言った。

「そんなら、初めから言うて貰うてきたら良かったたい」

「何ば言うとる、うんなバカたい（お前はバカだ）。言うたら一羽や二羽、くれるかもしれんばってん、一羽や二羽、貰ったってん、鶏は、ひよこは生まんたい。一文無しのおいらに、どがんして、ひよこば産ませらるんもんね、漁師の息子にゃ、わからんばい」

「鶏は、どんぐらいすっと？」と徳は聞いた。

「おいが去年の正月前、おっかんと小浜温泉に売りに行った時は一羽三十文したけん四羽で百二十文は下らん」

【この時代の一文は現代の約十六円、百二十文は約二千円である】

三

「買うにもそがんな銭はなかもんね」と徳は言った。

徳は作次の言ってる事は正しいとは思わなかったが、誰も知り合いもいなく、誰も助けてくれないこの島で生きていくには、泥棒する事も仕方ない事だと納得する以外仕方ない事であった。

「こんな所で言い合いしたって、しょんなかたい。来年の春ひよこば産ませて又来れば良か」

作次はそう言うと鶏の足を持って歩き出した。

徳も逃げようとする二羽の鶏を掴みなおして自分の胸に抱きかかえて立ち上がった。

「バカ、鶏はこがんして持つもんや、そがんな持ち方したら、うんの（おまえの）懐は糞だらけになるぞ」作次は後ろを振り向いて鶏を下げた両手を胸に持ち上げて徳に示した。

言わんや否やその時であった。

「やられた、臭か、たまらんばい（我慢出来ない）。うーん臭か、あー臭か、臭か」抱き上げると同時に二羽の鶏は柔らかい強烈な臭いの糞を徳の懐に見舞った。

徳は取り敢えず鶏を下ろして作次に近くの蔓で鶏の両足を括って貰った。

「手間の掛かる奴や」と作次は面倒くさそうにいった。

とは言うも、年下の徳の世話をして得意顔をして見せるのは作次の常套手段でもあった。

徳は作次に支度をしてもらっている間に、重ね着した継ぎはぎだらけの帷子を一枚脱いで胸に付いた糞を木の葉で払い落としたものの、顔の真下の強烈な糞の臭いは消える事はなかった。徳は仕方なく鶏の糞で汚れた帷子を腰に巻く事にした。

それでも帷子に付いた臭いは、団子を押し潰したような徳の鼻を強く突き、今にも嘔吐しそうだ。

帰り道は昨日二人が藪を払った後でもあり下り坂も相俟って苦労する事もなく、悪事を働いたとはいえ、大きな収穫もあって山道を下りる二人の脚は軽やかであった。

二人が昨朝、見にきた猪の罠に近づくと「グーグーギャーグギャー」と猪の甲高い大きな鳴き声が聞こえてきた。

「猪ん掛かとるばい」作次の嬉しそうな顔に、徳の胸の動悸は激しくなってきた。作次がどのように仕留めるのか、興味はあるが、見たくはない自分に腹立たしく情けなさを感じた。

三

罠が近くなると、作次の足は自然と早くなってきて、徳も負けまいと必死に、作次の後を追った。

罠には、体長が四尺は下らないであろう、大きな牙を持った雄の猪が入っていた。猪は二人を見ると更に大きな声を出して威嚇するように前足を上げて罠から這い上がろうと、必死にもがいてきた。

猪は今にも穴から抜け出しそうな勢いである。猪は二人が近くに寄ると、更に大きな声で鳴きもがいて、山の中は猪の声が地獄の谷のように木魂する。

作次は、蔓で両足を括った鶏を地面に寝かせて、腰の鉈を取り出して罠から這い上がろうとする猪の前足を一撃した。

作次の一撃を受けた猪の鳴き声は一変して「ギーギーー」と悲鳴に変わった。

「何で止めば、刺さんと？」徳は作次に聞いた。

「止めば刺してん、二人で上げられんけん。止めば刺して、うっちょいたら（ほって置くと）カラスやタヌキん餌になっしまうけん。足ば折れば穴から上がってこれんけん。おっとんば連れて来て捌くたい。ぬしも、（お前も）付いてこい」作次がそう言っても徳は咄嗟に返す事が出来なかった。

あの時の耐えがたき臭いを思い出したからである。作次がもっと臭いと言っていた猪の内臓の臭いに、耐えられるか疑問に思ったからであった。

右前足を作次に一撃された猪は悲鳴を上げながら罠の中に横たわって暴れなくなった。二人は暴れられなくなった猪を横目に住家の一本松に急いだ。一本松の住家に帰り二人は一本松のキリスト像に懺悔の意を込めて祈りを捧げた。

二人が持ち帰った鶏を一番喜んだのは子供達と、妹のシヲであった。

「こん鶏はどがんしたん?」シヲが聞いた。

徳は答えなかった。作次の口も暫く貝になったままである。

二人は特段、申し合わせた上で黙り込んだのではなかったが、山越えの村から盗んで来た事を、徳は子供達に知られたくなかった。

作次も同じ想いに違いない。苦しい生活を強いられて来た島原の故郷で一度もしなかった盗みを働いた罪悪感からである。

作次は鍋に残っていた何時もの、そば粉と乾燥山芋の粉を練り合わせた汁団子を銜《くわ》えながら言った。

「こん鶏に来年ひよこば産まそう」と作次が言った。

三

「ひよこ、ひよこば産むと、ひよこ、ひよこ、何羽産むと」子供達は、一斉に声を出して喜んだ。

徳はこの島に来て子供達が一様に楽しそうな姿を見たのは初めてであった。でも自分も、もう子供ではない胸の内は複雑である。

盗まれた家の人に自分らの住家を突き止められて咎められはしないか？　捕まってひどい目にあうのでは？　一方でこれから焼き卵や、ゆで卵にありつけるのではとの思いもある。

二人が怖い思いをして持ち帰った鶏は完全に子供達に奪われる形になった。

「徳、これから猪ば上げに行くぞ」と団子汁を食い終わった徳に作次は言った。

「おいには、あがん臭かもんな、捌けんばい？　そんな仕事は作やんに任せんばたい」と徳は言って作次の誘いを渋った。

「何言いよるか、何でも経験ばせんといかん。そがんな事では、こんな所で生きていけんけん、付いて来て見とけば良か」と作次も言い返した。

「臭かろたい？」と言って徳は更に渋った。

「何でん、臭かもんな、みんなうまかったい」と作次に言われて徳は作次に強引に猪を捌きに連れていかれる事になった。

山から下りて今帰ってきたばかりの道の先頭を歩く作次や作次の親父の後に笊を持って渋々付いて歩いた。

罠に着くと、穴から三本足で大きな声を出して喚いて必死に這い上がろうとする。斧で作次に頭を一撃され「ギ、ギーギー」の悲鳴の後で動かなくなった。

作次の親父が後ろ足を括って、竹竿を通して三人で罠から引き上げて小川の河原まで担いで運んだ。

河原の大きな木の枝に後足を括られて吊るされた猪の捌き方は徳には、思っていたよりも酷なものであった。

徳は河原では枯れ枝などを集めて焚火をするように作次の親父に言われた。作次に聞くとカラスやタヌキ等の獣が焚火の近くには寄ってこないからとの事であった。

河原に突き出た雑木に吊るされた姿をまともに見る事が出来ず、その場でうずくまってしまった。徳は祖母の最期を見るような思いに駆られたのであった。

徳は自分の体から血の気が引き背筋に一本の冷水が走って寒気を感じ、小刻みに体の震えを感じた。

三

作次親子に自分の気の弱さを気付かれまいと、焚火に背中を向けて必死に作為して見せたが二人が気付かない訳はなかった。

「どがんした徳?」徳の異変に気付いた作次の親父が聞いた。

「おいのバンバーが殺された時んごてあって」と徳は答えた。

「バカ、これは猪、生きてるもんは、みんな他の生きてるもんば頂いていかんば生きていかれんけん。あがどんが(お前らが)獲って来る魚も、貝も、大根もみんな生きもんたい。獲ったもんな、全部無駄にせんごつ、食ってやらんばならん」と作次の親父は言った。

徳は返す言葉がなかった。

「前に獲った猪ん皮じゃって、赤子の布団になっとるじゃろが? おちゅんも、猪んお陰で寒か思いばせんでん済んじょろが?」と作次の親父は続けた。

「悪かこちゃしとらん。お前が魚ば捌くのと一緒じゃけん、見とけば良か」と作次が言った。「生きもんば殺すとは、人間ばっかじゃなかとよ、どんな生きもでん他の命ば頂いて生きとるじゃろ?」と作次の親父も言った。

徳は作次の親父の説教を聞いて、少し気が楽になった。作次が後ろ足を括られて逆さに吊るされた猪のお腹に包丁を下ろすと、お腹から、灰色の内臓が飛び出てきた。徳は一瞬目をそむけた。

徳はあまりの臭さに風上に回った。胴体からこぼれ落ちた内臓から湯気が上がる、生温い臭いは、息が止まりそうだ。

作次は更に落ちてきた内臓の上辺りに包丁を入れると腸は雪崩を打つように、河原の砂利の上に落ちてきた。

何処に隠れて見ていたのか、何時の間にかカラスの群れが「カーカー」と鳴きながら宙を舞っている。

カラスは作次が言ったように、焚火を警戒して下には下りず、ただ上空を旋回しているだけだ。

作次の親父は作次が落とした腸を食べられる部位と食べられない部位に分けて、食べられない部位を河原に遠く放り投げると、カラスは待っていたように下りてきて群がって取り合っている。

川に入って仕分けをしている親父の取り置きの部位まで横取りしようと、急降下して焚火の近くまで下りてくるカラスもいる。

徳も気を取り直して焚火から離れて、木の枝を振り回してカラスの追い払いを手伝った。

徳に追い払われたカラスは徳をからかうように高く舞い上がり、徳の頭を目掛けて糞を何度も落としてきた。

「いやー汚か、臭か、やられた」と言って徳は走った。今日、鳥にやられた二度目の糞であった。

「アハハー」

「アハハーアハハー」作次親子は作業を止めて手をたたいて笑った。

「カラスは賢こかけん、やられたらやり返す、焚火の真上には滅多に来ることたなかけん、気ばつけんばいかん」と親父が言った。

徳は冷たい小川の流れの中に頭を突っ込んで、カラスの糞の付いた髪の毛を水で洗って焚火で乾かした。

三

雑木の枝に吊るされた猪は作次の慣れた手さばきで皮から先に剥ぎ取られていった。肉の部分は順次切り落とされて、用意してきた竹籠に積み上げられた。作次の親父は水の中で作次が落とした腸の処理をしている。

皮を剥かれて裸の猪は見る見るうちに細くなり、半刻が経たないうちに骨だけになってしまった。

徳は河原の土手に穴を出来るだけ深く掘るように親父に命じられた。猪の骨を埋めるためである。埋めた骨や頭などを他の小動物が漁らないように出来るだけ深く掘った。

三人は埋められた骨の上を囲んで祈りを捧げ食への感謝をして、芦が生い茂る河原を後にした。

捌かれた猪肉は一本松の塒に三人で手分けして持ち帰って、塩漬けにして竹棚に並べて干された。一本松の風下を強烈な臭いが覆った。

塒に帰っても「這う這うの体」の生活に休憩などはなかった。作物が出来ない冬場にも来年の食料確保のため、畑の開墾をしなければならなかった。

山焼きが出来ない場所での開墾は、木を切り倒して地を均《なら》さなければならず、徳も、叔父の弥蔵の指示で大浜の村から見えない位置の丘陵の下から順次、鍬を振るって勾配を均して、石を掘り起こしては、上に上げて、段々畑に仕上げる作業に従事する毎日である。

開墾も一同の努力で大分進んではきた。

開墾した畑に島原から持ち込んだ大麦や、小麦の種も蒔いて今年の初夏には収穫が出来る。

この夏から蕎麦以外の穀物が食べる事が出来るのは有難い事であるが、まだまだ七家族が安定して食料を得る為にもっと畑を広げる必要がある。

ただ、幾ら努力しても人力だけで開墾出来る畑は限られている。

時が経つにつれて、直ちに結果の出ない農業の仕事に、それぞれに不満も出てきて、弥蔵の指示に反発する人も出てきた。

弥蔵は、生活が安定したら、それぞれの家族に畑を分配しようと思っている。だが原生林を開墾するには多くの人の手で、同じ場所を切り開くのが効率的であると考えて話し合ったのであるが、共同作業で強制されての縛りのある労働への不満は解消しなかった。

年が明けても毎日の、石積の作業は続いた。それにしても日本海から五島の山を超えて吹き付ける北風の強さや冷たさは故郷の島原とは随分違う。三寒四温が繰り返される日々の中でも春はそこまでやって来ている。女達は毎日、潮を見て磯に出て磯牡蠣や海胆、小貝などを拾ってくる。

徳の母タキは、五島に来て山を切り開いて蒔いたカラムシの苗が五島の風土に合っていたのか五尺程に伸びたので、太く見事なカラムシの幹を、秋に刈り取って乾燥させてやっと繊維になった糸で機織りに明け暮れている。

タキは三十人もの反物を一人で織らなければならない。織った反物はそれぞれの家族に分配されて、それぞれの家族で好きに仕上げる。徳の家族は最後になる為、農作業でボロボロになった徳の着物の新調までには至っていない。

徳はしばらくの間、繕いだらけで、古い帷子を切り取った端切れで二重にも三重にも重ね縫いした着物で我慢しなければならなかった。

それでも古着を重ね縫いした着物は五島の寒い冬を越すには都合良く、助かったような気がした。

これから先は季節も進みいよいよ、待ちに待った徳の季節がやって来るのが楽しみである。徳は春が来るのを心待ちにしながら、来る日も来る日も、汗を流し、それでも、すぐに結果の出ない畑を耕し続けた。

徳は、よその土地での開墾の仕事は一本松の丘から遠く東支那海を眺めるようなものだと思って不安だった。

「果てしなく続くあの海の向こうに、どれだけ行くと何処かに辿り着く事が、出来るのだろうか？」島の人と交流のない開墾の仕事もそのように思えた。

徳は海に出て漁をする方が自分には向いている。でも漁をするにも漁をするような船もなく、ましてや、船があっても、よその土地で自由に漁など出来るはずもない。やはりこの島では毎日、石を積んで畑を開墾していく以外に生きていけないのかと思うと、気が滅入り自分に負けそうになる。

そんな徳の気持ちを支えてくれるものが、一本松の下で暮らす三十人がそれぞれに、自分に合わなくとも、与えられた仕事をして同じ物を食べての共同生活にあるような気がする。

三

これから、各家族が別々に生活する事になると、各家で竹細工も、石工も、機織りも、開墾もそれぞれにしなくてはいけないのか、心配である。

自分の家族だけで果たしてこれ程までに開墾が進むであろうか。重い石も大勢なら持ち上げる事も出来る。各家族に分かれるまでには、それ相応の開墾が出来ていなければならないような気がする。

ましてや病気がちで畑仕事が出来ない母を持つ徳には、特に心配である。

一本松の高台のあちこちに、枯れ草の中から、つくしの芽が吹いて、蓬の新芽の香りが、べとついた朝の潮風に揺れている。

徳は、鶏の鳴き声で目が覚めた。徳が起き上がると、鶯も鶏には負けまいと声を出すが、まだ何処となくぎこちなく聞こえる。

既に朝日は鬼岳の頂上の枯れ草を真っ赤に燃やしながら昇ろうとしている。

「今日も、いい天気だ」徳の独り言である。

今日は弥蔵の許可を得て、作次と朝の五つ時の潮に合わせてワカメ取りに行く事にしている。

早いもので、去年、舟で橘湾に出て祖父の保五郎と鍵棒を使って漁をして、磯で母のタキと水に入って取ったワカメの季節が五島にもやって来た。

五島に来て母は松の木の枝に屋根を萱で葺いて周りを竹や木の枝の薪で囲った塒での変わり過ぎた環境の生活に馴染まず、病に臥せる事が多くなった。タキには去年のように冷たい水に入ってワカメを取りにいく元気はもう残っていなかった。

季節が良くなり、タキの病状も少しは良くなったものの、塒で旗を織るのも辛そうだ。これまでのような根気がなく、妹のシヲが代わって織っている時間が多くなっている。五島のワカメ漁は、行ってみなければ分からない。徳は朝から胸を弾ませている。

量が多ければ今日から十日間程、毎日潮が終わるまで自分が好きな海に出て仕事が出来るからである。

徳は、冬の間、長く続いた開墾の仕事から解放されて今日は一日中久しぶりの海に出ての仕事に意気は高ぶっている。

百姓の仕事は結果が出るまで、殆どの作物が半年程の日々を待たなければならず、ましてや開墾から始める農作業は気が遠くなる程の時間を要する。

その意味に於いて、海の仕事は白黒がはっきりしていてその日の内に結果が出るから好きだ。

三

徳と作次は、朝五つ時の潮を待たず日の出と共に、火壺に火を入れ、鎌と荒縄を持って出かけた。

光珠子の浜までは四半時も歩くと着く。道中も女達が塩水汲みや徳らの貝拾いなどで何度も通って踏み均してしっかり道が出来上がって歩きやすくなっている。

徳は少し入り込んだ光珠子の浜の西側の何時も釣りや貝拾いに行く切り立った岸壁の岬よりも、同じ岩場でも東側の、大浜の村に近い、なだらかな、ごつごつとした岩場の岬にワカメは多く生息すると直感的に感じ、二人は東側の磯を目指した。

磯場に着くと、一本松の丘からは小高くなった丘の陰で見えなかった大浜の集落は目と鼻の先にあった。二人が下りた磯から大浜の集落は更に深く入り込んだ入江の対岸にあった。

入り江の対岸の中腹には湧き水が出るのか、朝早くから水汲み場らしき場所から大勢の女の人が天秤棒で桶を担いで行き交う姿が見える。

水汲み場の横には鳥居が見えて神社の長い階段が杉の木立の中の雑木の合間に見え隠れしている。階段の中腹の奥には寺らしき建物の屋根も見えている。

【神社は源頼朝に追われてこの土地に居着いた初代の大浜氏が、建立して祀った熊野神社である。信仰心が深かった大浜氏は、更に高野山から僧を呼び寄せて、寺を建立して、その寺の名を來迎院と名付けて、僧を手厚く持てなした】

ワカメの生え具合は、徳が思っていた通りであった。対馬暖流が流れるこの地域はワカメの生育も早く水も透き通って陸からも岩に付いて伸び過ぎたワカメが黒くゆらゆらと波に揺れる様子が見える。

でも、よその土地に来て人の姿が見えるこの場所で漁をするのは余りにも危険だと思った。二人は集落から見えない岬の裏側の岩陰まで引き返して漁をする事にした。

ワカメ漁は完全に潮が引いてしまうのを待たなければならず、潮が引いてしまうまでには、半刻程の時間があった。引潮時に海に入ると沖に流されるからである。

徳は、幼い頃から祖父の保五郎に引潮時に海に入る事を固く禁止され、何度も耳にタコが出来る程、言い聞かされて、身に付いている。

二人は潮が引いてしまうまで焚火の準備をして待った。それにしてもこの島の人は向かい側の岬まで来て漁をする人は誰もいないようである。多分近くの瀬で幾らでも漁が出来て、遠くから重たいワカメ等をわざわざ持ち帰らなくても済むのかもしれない。

朝早い潮回りの日には、一日に二度潮が引いて朝夕二度の漁が出来る。今日と明日は昼間一日中浜で仕事が出来るので弥蔵にそのように言って許しも得ている。

多分今夜は作次と浜で一晩過ごす事になる。山で夜を明かして以来の事だ。山と違って火種さえあれば海には沢山の食料もあり、一晩や二晩、塒に帰らなくても五島の海で飢える事はない。

徳は山では作次に劣って主導権を取られた。その分、海では作次には負けまいと先に支度をして海に入った。

有明海の入り口の早崎瀬戸では潮の満ち干の差をそう感じられなかったが、この島では満潮と干潮の差が大きいのには驚いた。瀬の窪地では潮に取り残された小魚が泳ぎ回っている。

さすがにワカメは潮が引いてしまう場所には生えず水の中に入らなければならない。それでも褌も濡れない位の場所での漁は島原では経験出来なかった事である。それればかりか、サザエやアワビも深く潜る事もなく取り放題には驚いた。五島は宝の島だと思った。

徳は、故郷の島原で海産物も取り尽くして、せっかく収穫した海産物も全て殿様に取り上げられて、食べ物もなく、飢えたあの日々を思い出した。

この島で暮らす上で毎日の食事が蕎麦と海産物であっても、多分飢える事はあるまい。徳はそう思って自然豊かなこの島で暮らす事に希望を持った。

「どうか、このままこの島で平穏な暮らしが出来ますように」とイエスに祈り、大海原に向かって、胸に大きく十字を切って岩場一面にワカメを干した。

ワカメ取りは二日間で徳が思っていたよりも沢山の収穫が出来た。当初十日位予定していたワカメ漁を二日間で取り尽くしてしまった。誰にも邪魔されずに二人が磯場を独占出来たからである。

二人は岩場いっぱいに干したワカメを雨が降る前に持ち帰る作業を残すだけとなった。徳と作次は一度持てるだけのワカメを背負って一本松の坶に持ち帰って残りを女衆に手伝ってもらう事にした。

三

ワカメの収穫が終わると、夜明けと同時に毎日決まったように霧雨が降り、日が昇って四つ時までに決まって霧が晴れる日々が続いた。

秋に蒔いた僅かばかりの大麦や小麦も青い穂が付いて、後は麦秋を待つばかりになっている。来年の種を残すと、おそらくそう多くは食べられまいと徳は思った。

新しく開墾した畑に植え替えようとして、冬場に仕込んだ山の落ち葉を集めた堆肥に鶏の糞を混ぜ合わせて作った苗床には、さつま芋の苗が伸びてきて植え替え準備も万全に整った。

徳も、秋には噂には聞いていたさつま芋がどんな味がするのか、食出来る事を今から楽しみにしている。今日も夜明けと同時に相変わらずの霧雨の中で叔父の弥蔵や親父と石を積む作業に励んだ。

作次は他の男達三人で猪の罠を見に行ったまま、まだ帰ってない。こんなに遅くなっているのは多分猪が入っていたのであろう。辺りの霧も晴れて来た頃、疲れて自分が積んだ石に背中をもたれて、ぼんやりと大首山に目をやった。日頃一本松から望む大首山は殺風景な山である。

辺りの霧は晴れたとはいえ、山の頂上の霧は取れていない。一本松の丘から大首山の麓までの谷間に、薄紅色の山桜の花が咲き、桜の合間に白く見えるのは多分、山梨の花であろう。五島にも花の季節がやって来てきた。

雨通宿村から盗み取ってきた鶏に昨日の朝、九羽のひよこが誕生して、今日も朝から子供達が大燥ぎしている声が徳の耳元まで届いた。

朝から作次とひよこが産まれたので、盗んできた雨通宿村に親鳥を返しにいく事を話し合った。お返しの三種類の竹笊も作次の親父に頼んで出来上がり、準備万端である。

今度雨通宿村に行ったら、度胸を決めて、人にも会って泥棒をした事をちゃんと謝って話そうと思っている。

さもなければ、何時まで経っても、閉ざされた生活から抜け出す事が出来ないからである。

三

早く島の人達とも交流を持てれば、生活用品も交換出来るし、労働力も貸して賃金だって得られるかもしれない。そうすれば、色んな物も手に入るだろうし、不自由な生活も安定するに違いないはずだ。

せめて来る日も来る日も丘の上から、大浜の村の人の気配を見張って怯えながらの生活に早く終止符を打って抜け出したい気持ちは、「這う這うの体」の一貫した願いであった。

でも、産まれたひよこの中に雄鶏がいるのか否かも分からず、又この丘には鼬《いたち》や梟等の鶏の天敵も多く住んでいて、果たして何羽が育つのかも分からない。

鶏の糞は畑の肥料になり、人の食料として貴重な卵を産む鶏を今後の見通しなく返す訳にはいかない。

徳と作次は、大人達とも話し合って返しに行くのは一ヶ月程様子を見る事にした。

大浜村の寺から何時もの九つ時を知らせる鐘が鳴った。この村の鐘は毎日九つ時に九つの鐘が鳴り、夕方、六つ時に六つの鐘が鳴る、鐘は一日この二度だけで、一本松の丘にもよく響く。九つの鐘が鳴って暫く経って、従姉妹の姉ソヨが粟飯を握って開墾作業に励む男女の元に運んできてくれた。

ゆで卵も一人一個ずつ付いていて、久し振りの粟飯である。そば粉以外の穀物を口にするのは実に半年ぶりである。卵はそば粉の団子汁に溶き卵が入っているが丸々一個の卵を食べるのは故郷の島原で食べて以来一年以上も口にしていないご馳走である。

粟は去年五島に来て皆で大急ぎで開墾して蒔いた種が実り、秋に収穫して皆で一度だけ食べた後、今年の種を蒔いて僅かの残りを炊いて握ったものである。

今年は僅かばかりの大麦や小麦も収穫出来そうである。大豆や粟の種蒔きも終わり今年の冬には麦と大豆で麹が上手く取れれば味噌も仕込めそうだ。小麦が収穫出来れば、島原で何処の家でも盛んに作っていた、自家製の素麺も作れるし、冬には西風が強く吹くので、この丘では素麺もよく乾きそうだ。

味噌があれば「這う這うの体」の食生活も大分変わって来るに違いない。五島では山菜も豊富に採れるが、魚も塩味、猪肉も塩、ワカメや山菜も塩だけで煮る以外方法はなく、せめて酢代わりの柚子とか橙などの柑橘類でもあればいいが、それ等もなく、毎日塩味だけの食事が続くのは何を食っても味気ない。味噌が出来るまでには、上手くいっても、来年の冬を越さなければならない。

朝から毎日続いた霧雨も止み、朝からの晴天は四日目である。日が差すと丘の上は暖か

三

いというよりも、昼間は暑い位の気候がやって来た。天気が良いのに大首山が、大陸からの黄砂で少し黄色く霞んで見える。

徳は、この良い天気に誘われて作次や女子達と、引潮時の九つ時に合わせて、ひじき取りに行く事になった。女子達の中には三組の夫婦の間の六人の子供も一緒である。勿論、五島で生まれて、ようやく、よちよち歩きが出来るようになった、おちゅんもついて来た。

おちゅんを海に連れていくのは初めてである。一緒に行くおちゅんの母親は、また妊娠しているようだ。道中釣竿や竹筒を担いだ徳が、おちゅんに背中を差し出すと、おちゅんは徳の背中に乗ってきた。徳は肩に担いでいたそれらを作次に預けて、通い慣れた光珠子の浜までの下り坂を、みんなの最後尾から、ゆっくりと、おちゅんと途中道草しながら下っていった。

おちゅんが産まれた光珠子の浜は、風もなく静かに波を打っている。波は砂を引きずりながら引いては又返している。徳は、おちゅんを波際まで連れていって、立たせて両手をつないだ。

さざ波はおちゅんの足首を濡らして引いていく。おちゅんが乗った波際の砂は引潮にさらわれて、おちゅんの足の指が砂に埋まって波を見ているおちゅんは、丘の上に打ち上げられたような気分になったのか、驚いている。

徳は驚いて怖がるおちゅんを抱き上げた。暫くすると、おちゅんは、大丈夫だと思ったのか、再び波際に立つと自分からねだった。波が引いて自分が動いているような感覚に駆られるのが面白いのであろう。おちゅんは波が引くたびに悲鳴を上げては徳の足に抱きついては離れて同じ事を何度も繰り返して遊んだ。

ひじきは光珠子の浜のなだらかな岩場の、作次とワカメ取りをした東側に多く自生している。

ひじき取りはワカメ取りと一緒で岩場から潮が引いてしまう引潮の間に作業をせねばならない。女達は砂場で遊ぶ徳や子供達と別れ東側の岬に向かった。

一方、徳と作次が目指す魚釣りは、潮が引いてしまい満ちて来るのを待ち浜の西側の長瀬に移動しなければならなかった。

徳と作次は潮が引いてしまうまで、おちゅんと他の子供達と一緒に砂場で遊んだ。潮の動きが止まったので、子供達とおちゅんを、それぞれの親に返しにいって砂浜よりも西側の長瀬を目指した。

三

二人は道すがら、潮が満ちてくる時に陸に上がってくる浜虫を探したがまだ早いのか、浜虫の姿はなかった。

二人は仕方なく道中小貝を拾い腰に巻いていた麻袋に入れながら歩いて、石をこじ開けて魚の餌になるような虫がいないか探したが、こんなきれいな海に所詮、虫はいるはずもなかった。

二人は仕方なく、磯の窪みの小さな水溜りの中に引潮に取り残された小魚や小海老を竹筒で救い上げて餌にする事にした。

「ぎょうさん獲れたな」作次は満足そうな顔をした。

海での主導権は何時も徳にあった。二人は五、六ヶ所の水溜りで三十匹程の小魚を捉えたが、何の稚魚かは分からない。

長瀬の釣り場に着いても、まだ潮は引いたままであった。二人は瀬の両岸にそれぞれに陣取って潮が満ちてくるのを待った。

引潮時に釣れる魚は、虎魚《おこぜ》等の巣ごもりする魚だけである。黒鯛やカワハギ等の回遊魚は潮が満ちてこないと釣れない。貝を割って餌にすると時には一貫目もあろうかと思うような馬鹿でっかい伊勢海老が獲れる時もある。

五島の海老の大きさには何時も驚く。でも、そんな事はまれである。二人はまだ早いとは思いつつも、もしかして、と思って貝を割って釣竿を垂らして見た。徳は海老がひそみそうな岩の窪みを狙って糸を垂らしたが暫く経っても何の反応もないので、餌を小魚に変えてみた。

餌を変えた途端に釣れたのが、何時もの河豚《ふぐ》であった。徳は「やられた」と舌打ちしながら河豚を針から外して瀬の上に放り投げた。河豚は持ち帰って食べる事も出来ないし、海に戻すと同じ河豚が何度も食い付いてくる。この魚は釣り人にとって実に厄介な魚である。河豚は海鳥さえも拾いにこない代物だ。無情ではあるが、瀬に上げて干物にして無駄にする以外方法はなかった。

「徳、釣れたか」向こう岸から作次の大きな声がした。

「うんにゃ、何も、作やんはどがんな?」

「こっちも、何も釣れんばい」と作次からも帰ってきた。

潮向きが悪いのか潮が満ちてきても、この日は河豚が三尾喰い付いただけで、他の魚は一度の当たりもない。作次も同じであった。

「あんやん、おちゅんが」妹のシヲが膝から血を流し、息を切らして瀬に駆け込んできた。

「おちゅんが、どがんしたん？」と徳が聞いた。

「おちゅんが、溺れた」とシヲは叫んだ。

「おちゅんは、生きとるんか？」と徳も聞いた。

「いや、息はしとらんばい」とシヲは答えた。

「なして、なして溺れたん？」と徳も叫んだ。

「なしてか分からん～」涙で顔をくしゃくしゃにしたシヲが怒鳴った。

何処かで転倒したのか多分呼びにくる途中転んだのであろう、シヲはまだ自分では出血している事に気が付いていないようだ。

「シヲ、膝から血が出とるよ」膝が割れたのを見た作次が言った。

「何もこん位の血はどがんもなか。二人共、早う行って、おちゅんばどがんかして」と言ってシヲは先に走った。徳と作次はシヲを追って我先にと、おちゅんの元に駆け込んだ。

三

お腹がパンパンに膨らんだおちゅんは砂の上に敷いていた筵の上に仰向けに寝かされていた。

筵は母親のオサダが、おちゅんの昼寝用に持って来た物である。

「おちゅん、なして、こがんになったん?」作次が、おちゅんの手を取って揺すっても、抱き上げて揺すっても、おちゅんは、微動だにしなかった。

徳はおちゅんの亡骸の前で一瞬固まって何も出来なかった。

「なして、おちゅんが」徳はただ泣く事だけしか出来なかった。

神は、まだ大人になり切っていないこの歳の徳に何体の死体を見せれば気が済むのであろうか? 人の死骸など一人も見たくなかった。「アーメン」徳は、おちゅんの亡骸に縋った。「アーメン」作次も胸に十字を切って必死にイエスに祈りを捧げた。

徳が見た今までの死体は全てが拷問されて処刑された死体であった。首を落とされ、鞭で打たれて傷付いた無残な姿であった。

でも、おちゅんの顔は眠るような穏やかな顔をしていた。それでも、お腹いっぱいに水を飲んで、さぞ苦しかったろうに? 辛かったろうに? 誰もおちゅんに気付いてやれなかったのか? こんな事になるのなら魚釣りなどに来なければ良かった。

「アーメン」徳は祈り続けた。

そんな思いも、後の祭りである事は分かり切っている。「でも主よ、なんで、おちゅんが先に逝くのだろうか？　アーメン」徳は祈った。

　この世に生まれて、たったの一年、五島に来て初めて生まれた「おちゅん」。五島が故郷になるはずであった「おちゅん」。誰よりも後に生まれて、誰よりも先に逝った「おちゅん」。徳は、おちゅんの冥福をイエスに必死に祈った。

　おちゅんは、徳が母親のオサダに渡した後、初めて出てきた海で長い時間、遊んで疲れたのかすぐに眠ってしまったとの事であった。

　その後オサダは砂場に筵を敷いておちゅんを寝かせて、みんなと一緒にヒジキの刈り取り作業に加わった。その後オサダは何度か見に行ったもののよく寝ていたので安心して作業に精を出していたほんのわずかな時間だったと言った。

　多分、よちよち歩き出来るおちゅんは目を覚まして、楽しかった水辺での遊びを思い出して、一人で波際まで遊びに行ったに違いない。

　波際に立っても、足元から水がなくなる引潮時と違って満ち潮時には、思いがけない程の塩水が押し寄せてくる。その波に足をさらわれて倒れて溺れたのであろう。

「主よ、心あるならば、おちゅんをもう一度ここに返してください。アーメン」徳は必死に祈った。何度祈っても、おちゅんが帰るはずもなかった。

三

一本松の丘での、おちゅんの葬式はカトリックに従って皆で賛美歌を斉唱して、タキが織って縫いたての真新しい足首までの長い麻の衣を纏った神父代わりの、弥蔵の祈りの言葉を復誦した。

おちゅんの亡骸は一本松の丘に埋葬して石を積み上げて十字架を掲げた。

一本松の丘では、喪に服すために全員が四日間の開拓の仕事を休んだ。

四日の間に喜兵衛の憔悴《しょうすい》しきった顔は尋常ではない。徳が目を覚まして表に出ると、墓の前で祈っている喜兵衛の姿があった。

徳も、おちゅんの死には一片の責任を感じて心を痛め、喜兵衛に毎日、懺悔の日々が続いた。

喜兵衛は「お前のせいではない」とは言ってくれるものの、あの時水遊びの楽しさだけを教えずに、もっと水遊びの怖さを教えていたら、おちゅんは、死なずに済んだのではないか。お墓の前で毎日必死に祈る喜兵衛の姿を見ると、徳の心の中に悔恨《かいこん》の念が去来する。

【おちゅんの生命は僅か一年であったが、おちゅんが産まれた砂浜を光珠子の浜と呼び、おちゅんが亡くなった岬を人々は何時しか、おちゅん鼻と呼ぶようになった。四百年近くの時が経つ今、現在に於いてもおちゅんの名は地名として残って、その名をこの地の村人に長く残す事になった】

三

おちゅんの死から十日程が過ぎて本格的な梅雨が来たのかと思わせるような雨が三日間も続いた。たいした雨量ではないが、止み間なく降る雨には、野良仕事も出来ず喪に服した四日を入れると随分休みが続いて身体も怠け癖が付いたような気がする。

一度天気が回復したら作次と、雨通宿村に鶏を返しに行く事になっている。無断で拝借してきた鶏が二羽目となるもう一羽の鶏に運良く、六羽のひよこが生《な》ったからである。先に生った九羽のひよこも、鼬等に襲われた三羽を除いて六羽が無事に鶏に育ちその中の一羽が雄鶏であったからである。

今朝は降り続いた雨は止んだものの、三日も降った後の山登りは、水が心配で取り止めにして、朝から収穫時期が来ていた麦の刈り取りを手伝う事にした。

麦はまだ作付面積も狭く、七家族が一年間食べるには程遠い量ではあるが、それでも五島での三種類目の穀物の収穫には嬉しくて心が躍る。もしかして子供の頃、島原で食べたあの自分も大好きな素麺が又食べられるかもしれないからであった。

麦を収穫するには、刈り取って四、五日、天日に干して、作次の親父が作った竹製の出来立ての千歯扱《せんばこき》で削ぎ取る。削ぎ取った籾柄付きの麦は更に二、三日乾燥させて木臼でついて、更に箕で振るって籾柄を飛ばして裸麦にする。裸麦は、又天日に干して乾燥させなければならない。麦は大変な手間が掛かる穀物である。更に麦を口にするには、大麦であれば裸麦を木臼で突いて潰し、潰した麦を竹笊で振るって麦かすや糠等を取り除く必要がある。

徳が大好きな素麺にするには、更なる手間を掛けなければならない。素麺は小麦を用いて大麦のように処理された小麦を碾臼で粉にして、臼で碾かれた粉を更に麻の布を敷いた竹笊で振るって、大麦とは逆に落ちてくる粉を用いる。

島原で一年間食する分を作り置きしていた徳の幼い頃は、素麺作りは徳の家でも一家総出の年末の年中行事であった。

島原では朝早くから、盥《たらい》に盛られた小麦粉を塩水で捏ねるのは藤吉の仕事であった。保五郎は藤吉が捏ねた小麦粉を板の上に上げて小さく切って麺棒で延ばしていく。細く延びた小麦粉をタキとフデが別の盥で小麦粉をまぶしながら、一本を二本に二本を四本に四本を八本に八本を十六本に十六本をと、倍々に二人が三本の麺棒と腕を相互に巧みに使い神業の如く延ばしていく。軒下に吊るしにいくのは姉のミエと徳の仕事であった。家族で素麺作りの、この日の夜には決まって牡丹餅のご馳走にあやかれるのは、徳の一番の楽しみであった。徳は五島でも、お米も取れて一日も早く、あの夜のような楽しい日が来るのを祈った。

三

大首山のあちこちに、真紅の山つつじが咲き乱れて針葉樹の濃い緑や落葉樹の新芽の黄緑、山吹の花の黄色の粗筆を走らせた絵画は、大首山が自らの地肌に自ら描いた壁画である。

「大首山は自然の天才画伯だ」徳はそう思った。

腰までの帷子に股引、麻紐に枯れ芒で編みこんだ草鞋《わらじ》をしっかり締め、お揃いの真新しい出で立ちは、今日の山越えのために一同が、徳と作次に準備してくれたものである。二人には弁当まで用意してくれて一同の並々ならぬ期待が見て取れる。徳も意を決して、大首山を越えなければならない日が来た。

何度も来た猪の罠を仕掛けている何時もの川までの道は、歩きやすく、川まで来ると一昨日まで降り続いた雨で増水していて日頃せせらぎ程の流れも雨上がりの激流が、二人の行く手を阻んだ。仕方なく二人は川岸の石の上を川沿いに上る事にした。山の谷間を流れる川沿いを歩けば、遠回りではあろうが、弁当まで用意して貰って、少し位遠回りしても、今更引き返す訳にもいかない。

二人は険しい石の上を歩いて山裾に着くと流れは何本かのせせらぎに変わって、どれが本流のせせらぎか分からない場所まで着いた。

ここからは又、藪を払いながら新しい道を切り開いて進まなければならない。二人は上に上がらず、西に行けば必ず前に通った道があると思い西に進んだ。程なく歩くと二人は見覚えのある場所に辿り着いた。

「作やん、大分、遠回りばしたたい」

「あーん」先を行く作次も、前に来た道を見つけて安堵したのか、多くを語らず後ろを振り向こうともしない。もう少し上がれば作次が椎の木を見つけた、あの場所である。

あの時は遅い時間で而も、日も短く頂上に辿り着く間もなく日が暮れてしまって、動けなくなったあの日は、不安な思いをしたが、今日は少しばかり遠回りしたものの、まだ日は昇ったばかりだ。それに、これから上は二人が藪を切り開いて上がった跡がしっかり残っている。

二人が頂上に辿り着いたのは、一本松の丘を出て一刻半しか経っておらず、まだ日は上がり切っていなかった。まだ早いとは思ったが、用意してくれた弁当をここで開く事にした。弁当は二本の竹筒に入っていて、長い方の竹筒は山蕗と、トコブシを煮た物であった。味は相変わらずの塩だけの味である。短い方のもう一本の竹筒には、焼いた塩漬の猪肉が入っていた。何時もの一本松の丘での食事と似たような食材だ。

弁当には手軽な握り飯などが良いのだろうが、粟を食い尽くした今、握る穀物など一本松の丘には残っていない。「這う這うの体」の一同が、一本松の丘に辿り着いてこれまで六頭もの猪の猟が出来て、猪には気の毒ではあるが、お陰で自然だけの食材で何とか一通りの四季が回ったが、島原でのように餓える事なく、みんなの胃袋は満たされていて、五島はいい所である。

二人とも両手に、昨年晩秋に盗んで来た四羽の鶏をそれぞれに二羽ずつ下げて、背中には弁当の竹筒を括り付けたお礼用の竹笊を背負っている。ここで弁当を開いて竹筒を捨てれば、背中の荷物も少しは軽くなる。そう思って二人は早めの昼の弁当を平らげた。

徳は、すぐに立ち上がっていくには気が重かった。無言ではあったが、作次も同じ思いに違いない。盗んで来た鶏の事をどう言って謝ろうか？　果たして竹笊位の物で謝ったところで許してくれるのか？　捕まって役人に引き渡しはされないか？　徳は案じた。

食べてしまった弁当の荷は軽くなったはずの二人だが、自らの尻が重くてなかなか立ち上がれないでいる。

出かける前の作次は自分が謝ると言ってあれだけ粋がっていたのだが、いざとなれば、そうはいかないのか、二人の間に無言の時が四半刻も過ぎた。

何時もの度胸の良い作次なら自分から率先して「さー行くぞ」と言う所であるが、ここにきての作次は、まるで別人のようだ。

あの時、意図しなかった悪事を大した悪びれもなく簡単に実行して、それを元に返す当たり前の行為の方は悪事を働く何倍もの度胸を必要とするものだ。

「そろそろ発つか」一念発起して先に声をかけたのは徳であった。山頂を発てば雨通宿村には半刻で着く。先を行くのは何時ものように作次である。

一度見ていて見覚えのある場所を二人は下りていった。屋敷が近くに見えると急に二人の足は鈍って、お互い誰からともなく顔を見合わせて一度立ち止まった。もう川向かいに大きな屋敷が見えてきた。降り続いた雨で増水していたのか川岸には大きなカンナの葉が

三

川下を向いて倒れている。

折れ曲がった葉っぱの間から、紅いつぼみの茎が伸びている。この辺りの川では雨が降って急に川幅が広くなっても、急な斜面を下るせいか、雨が止んでしまうと、元のせせらぎに戻ってしまうのであろう。水量は大した量ではなく川は越せそうだ。

先を歩く作次は何度も後ろを振り返り盛んに徳の方を窺う。作次の心は惑乱《わくらん》しているようだ。でも、さすがに年下の徳に先を行けとは言えないようである。

川を渡ると岩陰で食器を洗う初老の女の人がいた。川を渡って自分の屋敷に来る見知らぬ二人を見た女の人の方が驚いているようだ。

この川の上は他領（大浜領）で民家はなく、然も山に通じる道もないからである。

「何処ん人かな？」先に声をかけてきたのは女の人であった。

何処の人かと尋ねられても二人は返答に困った。

それには答えず「鶏ば返しに来たとよ」とだけ作次は答えた。

初老の女は二人が、まだあどけなさが残る子供のようで安心しているようだ。

「それは、何処ん鶏かな？」と初老の女は聞いた。

この村では放し飼いの鶏が獣などに襲われて自然にいなくなるのは日常の事で、鶏が何時頃いなくなったのかも気にしていない様子である。

「あがだ托鉢ばしょっと？」（あなた達、托鉢してるの？）と初老の女は聞いた。

無理もない。麻の無地の帷子に無地の股引、背中には竹笊を背負っての、出で立ちである。

この地方でよく見る托鉢に見せ掛けた乞食と間違ったのであろう。

「鶏ば勝手に持っていって、鶏にひよこが産まれたけん、親鶏ば返しに来たと」作次が答えた。

二人が鶏を放すと鶏は何事もなかったのように去っていった。

「あんちゃんら、どっから来たっかな？」初老の女は聞いた。

「こん山ば越えてきた。盗んでいった詫びにこっば使うてもらおうと、持ってきたけん」と言って二人は背中の竹笊を差し出した。

「良か、てぼじゃん（良い笊だ）、大浜ん人か？」と初老の女は聞いた。

「違う、大浜ん上に住んどっとよ」と徳が答えた。

「増田ん人やろか、野々切ん人やろか？」初老の女は首をかしげた。

二人は、一本松の丘の近くに増田とか野々切とかの集落があるのであろうか？　行った

三

事もなく初めて知ったが、少なくとも一本松の丘からは見えていない。

人の声を聞き付け駆け付けてきたのか、女の人とは夫婦であろう初老の男の人も来た。

「どっか、来た人か？」男は女の人と同じ事を聞いた。

「大首山の裏から来たって言うばってんか、見たこたなかけん、吉田や蓮寺ん人も違うやろ？」とそれには女が答えた。


【吉田や蓮寺の集落は大首山の南東に古くから存在していて、二つの村には、遣唐使として大陸で修行を積んだ空海がその帰りに立ち寄って、吉田には明星院、蓮寺には蓮寺の二寺を建立したとされる。蓮寺は小さな集落であった為、今は地蔵堂だけが残り、寺はどの時代になくなったかは不明だが、寺がなき後も蓮寺という地名はそのまま残ったと伝えられる】


「うんだ、どっか来たはっちか？」（お前らは何処から来た乞食か）男は返事がない二人にもう一度同じ事を聞いた。

「島原から来て、こん山ん裏で住んでおるとばい。これから付き合ってもらえれば、ありがたかたい」徳はそう答えた。

「島原ん者んなら、うんだ、耶蘇教んもんたいね？」（お前らは、キリスト教の者やな？）

二人はそれには答えないで俯いたままであった。

「耶蘇教もんなら、そがんなもんと付きおうたら、こっちが殺されしまう、じゃっか、うっけんか、早う失せろ」（キリスト教の者なら、そんな人と付き合っていたら自分らが殺されてしまう、汚い、うつるから、早く出て行け）

二人には、キリシタンが、汚いとか、うつるとかの言葉の意味が理解出来ず、一度だけの悪事をして、それを謝りにきて「なして？」期待外れの心ない言葉に二人は落胆した。

「なーんのそん、耶蘇教んうつろかよ」初老の女が言った。

「うんにゃ、五島でも昔しゃ耶蘇ん流行ったこんのあっけん、殿様も昔は耶蘇だった、増田ん人も今もそがんち言うけん」（増田の人も今もキリスト教を信仰しているそうだ）

そう言って男は家の中に入ってしまった。この島でもキリスト教徒は厄介者扱いにされているようだ。

「あの、味噌の麹が付いとる所ば少し分けてもらえば助かるばってん？」徳も言った。

「良か、良か、ジンジん言うこちゃ気にすんな、あんちゃんら川ば渡ってちょっと待っと

三

け」と初老の女は言った。

二人は初老の女に言われた通りに、川を渡って暫く待っていると、藺草《いぐさ》の手提げ籠を二籠持ってきた。

「良かテボばもろて助かっよ、子供にジンジがあがんなこっば言うてなー。島原から来たんなら、味噌も、何も、なかろたいね？　麹が付かんかったらまた来れば良か」

そう言って渡された籠の中には、カンナの葉っぱに包まれた去年秋に漬け込んだ味噌樽の上の方の麹が張った味噌と、別のカンナの葉には一昨年の味噌が入っていて、それに麻袋に入った少しの玄米とカンナの葉にくるまれた白い大きな握り飯、片方の袋はいっぱい詰まった里芋と同じようにカンナの葉で包んだ握り飯が入っていた。

二人はカンナの葉の中身を見て同時に声を出した
「ウァー」二人は目を丸くして握り飯に見入った。

「こん村人は毎日、白か飯ば食いよるばいねー」作次が言った。

「たまげたね。おいは、こがんな白か飯は、何時食ったんやろ、良か匂いー」と徳も言った。二人はこれからこの村の人と付き合っていくのを断られたものの、今この六年ぶりに見る白い飯に胸躍らせた。二人が持ち帰った玄米は五島で初めて収穫出来た麦と炊き込んでイエスに捧げて「早くこんな米が入った食事が出来ますように」と祈りを捧げた後に皆で感激して食した。

【二人が持ち帰った大事な麴菌が付いた味噌は穫れたての麦に発酵させて「這う這うの体」の食料事情を改善させた。雨通宿村の人が言っていた増田村の住民は戦国時代、五島に於いてもカトリック教が広まり宇久家十九代純堯《すみたか》も洗礼を受けてキリシタンとなった。その当時、大和国の統一を果たして天下をほぼ手中にしていた豊臣秀吉が奥州と共に残った九州征伐（１５８７年）に義弟の羽柴秀長を門司に赴かせた折に、純堯は宇久家の存続を懸けて、秀長に接見した。

純堯は秀長との約束で薩摩の錦江湾にありったけの兵を出した。

その功績を認めた秀吉が進めていたキリシタン取り締まりを純堯自ら信者であったキリスト教の棄教と、その取り締まりを約束する事により秀吉に五島一万五千石を安堵された。

純堯亡き後、家督を継いだ純堯の甥の、宇久家二十代、純玄《すみはる》が秀吉との約束を守り、キリシタンは取り締まられた。

三

その後、純玄は宇久姓を五島姓に改めて、五島家のその確たる地位は確立した。尚、純玄のキリシタン取り締まりにより、福江島の北東部に位置してキリスト教徒が多く住んでいた奥浦村の三十戸ほどの住民が迫害を逃れて、大浜村と田尾村の間の辺鄙《へんぴ》な場所で南は海に北と東西を岩山に囲われた秘境の海辺に移り住んだのが増田村であった。この村の人も海賊を糧として生活している。

この村に入るには、「這う這うの体」が猪を捌いた岩石の間の川を下って行くか、海から舟で行く以外に道はない】

四

一本松での生活も早いもので島の人達との交流がないまま八年が過ぎた。台風が、うだるような暑さを残して過ぎ去った。文月の早い時期の台風は農作物には然程の被害はない。被害がないと言うより、稲作の開墾も進まず被害を受ける農作物がないと言った方が正しいのだろう。

高台の畑は台風が巻き上げる塩害もなく勿論水害などもない。その上に日当たりも良く農業には最適の場所で一本松の丘はいい所である。

徳と作次が鶏を返しにいって、思いがけなく味噌の麹が取れて「這う這うの体」の食生活も随分変わってきた。今年も徳の畑には麦を収穫した後に植えた一面のさつま芋や、花が散った後の大豆で今年も味噌の仕込みが出来そうである。麦の収穫が終わって、春に蒔いて収穫前の蕎麦の植え付け面積が少なくなった事も台風の被害が少なかった一因であった。

四

もとより蕎麦は痩せた土地にも育つ、丈夫な植物で背も低く風には強い。どんな時期にでも育ち実を収穫した後の茎や蕎麦殻も貴重な堆肥として無駄のない便利な穀物で、その上に一本松の丘は水はけもよく、年に三度も収穫出来る。

島原を出る時、祖父の保五郎が持たせたさつま芋は、小石の多い一本松の丘では根付きが悪く、毎年、種芋を残すのがやっとの出来映えで不作が続いたが、必死の開墾の作業が実って、小石を取り除きここ三年前からは芋づるが、畝の波を打ち消すように誇るようになって来ている。

全員で五年間も掛けた開墾の末に、七家族に株分けされた畑で徳も、両親や妹と、共に毎年土地の改良に努めた結果が近年やっと実るようになった。

土地の改良のために山の落ち葉を集めて敷き詰めて、その上に真水が流れるように、光珠子の浜の砂を何度も背負って急な坂道を上って被せる作業は大変な労力を要した。

共同生活をしていた一本松を祈りの場所にしてから三度目の暑い夏を迎える。畑を株分けした後、それぞれの家族は別々に暮らすようになり、それぞれが自分の畑の傍に住まいを構えた。十九歳になったシヲは作次に嫁入りする事になっているが、病弱の母を気遣い、躊躇《ためら》っている。

五島に来てからの生活も、烏兎匆匆《うとそうそう》まる八年が過ぎたが、「這う這うの体」一同は近隣の村との交流は全く持てていない。徳が雨通宿村で聞いてきた、同じキリシタンの村、増田村には、弥蔵が何度も足を運んだものの、相手にされず、逆に村に近寄る事を禁止された。

一本松の丘から他の村を通らずに行けるもう一つの村がある。真東に位置して鬼岳の麓の野々切村である。この村の人も島原から来た事を告げて、耶蘇教と知ると蛇蝎《だかつ》のように扱われて増田村の人と同じ態度を取られた。

「這う這うの体」が、どうしても近隣の住民との付き合いを必要としたのは、農業の加勢となる牛や農具を手に入れたいためである。人手による農耕には限界を感じていて、株分けした畑の耕地を広げるには牛の力がどうしても必要である。五島ではまだ栽培されていないさつま芋とならば交換出来るのではとの期待も届かなかった。

同じキリシタンの村の増田村の人ならば理解してもらえると思ったが、村人のかたくなな態度に、古くなった農具も手に入らず、懊悩《おうのう》として失望した。

【野々切村の人々は、天正十三年（１５８５年）羽柴秀吉の紀州征伐で秀吉と最後まで

四

戦って生き残った湯河直春軍に属していた兵士であった。

畠山高政の家臣であった直春は秀吉の異父弟の羽柴秀長の傘下に就く事を条件に秀吉との和議に応じた。

直春は最後の和議の条件を秀長と話し合うために、大和郡山城で秀長に接見した。その帰りに秀吉の術中に嵌り毒殺された事で話し合いは呆気なく終わった。

戦に勝利した秀吉は五摂家筆頭、秀吉より年下の、近衛前久との養子縁組を得る事で関白の称号を得た。

その後、関白豊臣秀吉の九州征伐（天正十四年）に出陣した秀長に宇久家十九代、純堯が、九州門司に於いて接見した折に、秀長の要請を受けて、残った直春の兵士を引き受ける事になった。

純堯は島流しになった直春軍の兵士とその家族を、鬼岳の溶岩流で不毛地帯の崎山地区や野々切地区の開墾に当たらせた。

崎山村と野々切村は大浜村の北に位置する。約一万八千年前まで何度も繰り返し噴火していて、今は死火山となった鬼岳の麓の火山流が積もった土地の上、水もなく、木も育たない低林の原野で、水はけが良すぎて、土の上に雨水も溜まらず、日頃の飲み水を確保するにも困難を極めた地域であった。

作物は何を作っても育たず生活は困窮し、特に海から遠い野々切村の人々は一揆を何度も起こして、藩に場所替えを要求したが受け入れられる事はなかった。

賊軍の兵士として送られたこの地域の子孫は、後の年代、あの悪名高き五島家二十七代、五島盛道《もりみち》が享保元年（１７３４年）野々切地域への水路確保へ必定と騙して、執り行った人造池、翁頭池の建設に駆り出された。

然し鬼岳の噴火で長い年月溶岩流が堆積して出来上がった地形で雨水も溜まらないこの地域への水路が通るわけもなく、野々切村の人々の念願は叶わなかった。

翁頭池は、寛文元年（１６６１年）五島家二十三代盛次の嫡男、盛勝との跡目を争ったお家騒動で盛次の弟の盛清による富江分地に異議を唱えて、行き場をなくした。その上、仕事まで失った富江代官所、五島盛清に次ぐナンバー2の地位にあった小島七之助とその一味を五島藩が蓮寺村の東に土地を与え移住させて新しく作った高田《こうだ》村住民で、嘗ての五島盛清の家臣、小島七之助の子孫だけが利を得る事になった。

又この五島盛道は大和国歴史上に於いて存在しなかった稀にみる奴隷制度である三年奉公制を執行した事でも有名である。

四

三年奉公制とは、農家の娘が十六歳になると強制的に武士の家に三年間の無償の奉公を負わせるといった制度であった。

十六歳で武士の家に奉公しなければならなかった農家の娘は十九歳までは嫁にも行けず武士の家で無償での労働を強いられた上に、奉公に出た少なからずの娘が、武士の家で女にされて返された者もいて、三年の義務を終えて嫁入りした娘がその事が理由で嫁入り先から離縁される人も少なくなかった。

五島藩は嫁入り先から離縁された娘には更に三年間の強制奉公を課するといった人権無視で卑劣な制度を初めに執行したのが、あの悪名高き五島盛道であった。

この非人道的な制度は明治維新のその時までも続いていた制度であった。その上に五島家は幕末の幕府による黒船対策に乗じて五島藩の予てからの念願であった石田の浜の居城の建設に(1849年)入った。

藩民の無償による延べ五万人に及ぶ人の手や、幕府からの借入金一万両及び藩民から集めた計二万両を費やして城が完成したのは、なんと明治維新の五年前であった。

時代は明治に変わっても当時の福江県知事、五島家三十一代盛徳は、明治政府の神道政策施行に伴いキリシタンへの、他県には見られない異常とも思える取り締まりを行った。

新しい明治政府に忠誠を尽くそうとした盛徳は、徳川幕府に忠誠を尽くそうとして失脚した島原の殿様、重政同様、我が身保全のためのなりふり構わぬ政策で同類の人物であったと言わざるを得ない。

五島では久賀島をはじめ多くの地域でキリシタンを迫害して無用な死刑を執行した。隠れキリシタンの村、徳の子孫である七蔵が住む黒臓村でも異常なほどの取り締まりが行われた。島原を出る時の言い伝えで、徳の祖父、保五郎が自分を犠牲にして子孫を残してくれという思いを汲んで、この村では、うわべだけでも明治政府の一村一宮制度を受け入れて、狂気の沙汰とも思えるような盛徳の取り締まりを逃れた事は、この村の住民は賢明な選択をしたと言わざるを得ない（村の宮は昭和二十一年に廃宮になった）。

これだけ藩民を苦しめた城主の五島家は維新後も、五万二千八百平米にも及ぶ城跡の五島藩民の血と汗が滲んだ資産であるべき土地を五島氏個人が今尚所有して、公立高校や歴史資料館等、公に貸し出していて現在尚もって長崎県民や五島市民の血税を吸い取って暮らしている事には驚きという他ない。

小生（この小説の筆者）は公に物申す立場にない事を百も承知の上、元住民として郷土愛から長崎県や五島市の教育委員会に五島氏個人所有のこの場所に公立高校が存在する必要性を何度問うても納得する答えは帰ってこないどころか、何度もこのような抗議をするのはあなた一人だけだとの叱責を受ける始末に至っている。

尚、先述した崎山、野々切地区の住民は四百年を経過している現在に至ってもダ行の発音をダ行に発音する和歌山特有の訛りは今日もって健在である。当時不毛地帯であったこの地域は、代々の住民の死闘を尽くした努力により、水田は出来ないものの現在も畜産業などの五島屈指の農場地帯と化した】

四

「這う這うの体」がこの地に居着いてもうすぐ九年もなろうかとする年、一同を島原から送り届けた船頭が一本松の丘に訪ねてきたのは年が明けて一ヶ月以上が経った寒い朝であった。

船頭は更に二組の家族を五島に運んできたと言った。船頭が運んできた客人は、荒木又右衛門と大櫛忠満の二組の家族であった。

【寛永七年（１６３０年）その年は「這う這うの体」がこの五島の地に逃れてきた年であった。岡山池田藩内のつまらぬ諍いごとから殺人に発展した事件が起きた。殺されたのは池田藩主忠雄《ただかつ》が寵愛《ちょうあい》していた渡辺源太夫であった。

他方殺したのは藩内の河合又五郎であった。又五郎は藩主忠雄に寵愛される源太夫に嫉妬しての犯行であった。忠雄は日頃目を付けて可愛がっていた家臣が殺された上に、殺した本人は脱藩して江戸へ逃げ込んで旗本の安藤次右衛門に囲われた事を忠雄は知った。

激高した忠雄は幕府に対して犯人の又五郎の引き渡しを再三再四、要求したものの受け入れられなかった。やがてこの事件が外様大名と旗本の面子をかけた争いに発展する事になった。

そこで幕府は喧嘩両成敗として旗本安藤次右衛門の謹慎と河合又五郎の江戸からの追放を命じた。片方の忠雄には因幡国鳥取への鞍替えを命じて事件の決着をはかった。途中、忠雄が病死した事で事件は収まったかに見えた。それでも忠雄は余程悔しかったのか病の床で又五郎を打ち取るように遺言を残して逝った。

忠雄亡き後池田藩は家督を継いだ子息の光仲が幼少の為、側近が幕府の命令を受け入れて鞍替えに応じた。そこで収まらなかったのが渡辺源太夫の兄数馬であった。数馬は鞍替えに応じず脱藩して弟の仇討ちの道を選んだ。とはいっても数馬には剣術に自信はなく、そこで姉婿である大和郡山藩の剣術指南役の荒木又右衛門に助太刀を頼む事にした。

四

又右衛門は数馬の話をよく聞いた上で藩主忠雄の遺言であり、而も仇討ち後の池田藩での地位も約束されているとの事と聞いて決心した。勿論、自分の義弟が殺された腹いせもあって大和郡山藩を脱藩して仇討ちを決意したのであった。

二人は当初江戸を追放となった又五郎の行方を捜すのに苦心したものの、やがて又五郎が大和郡山に潜伏している事を突き止めた。それを知って危険を察知した又五郎が再び江戸に逃れようとする所を二人は道中の鍵屋の辻で待ち伏せし、通りがかりの又五郎に又右衛門が切り付けて又五郎の首を打ち取った（寛永十一年鍵屋の辻の決闘）。そもそもこの仇討ちは池田藩主池田忠雄の無念の思いを晴らす為に行った行為であった。

事件後二人は暫く又右衛門の故郷の伊賀で待機して池田藩への返り咲きを待っていたが、幾日経っても、何の連絡もなかった。二人がしびれを切らして鳥取を訪ねると、そこで二人を待ち受けていたのは二人の墓であった。

池田藩は六歳であった幼少の身で家督を継いだ家康の外曾孫でもあった藩主光仲の安泰を図り、延《ひ》いては、藩幹部の中枢自らの保身を考えた光仲の取り巻き連が、幕府への気遣いから、問題の二人を排除した結果であった】

自分の墓を見せられた二人は武士としての道を閉ざされて、大いに失望して、幕府や池田藩への憎しみを抱き、一矢を報いてやらねばとの思いが湧いてきた。浪人となった荒木又右衛門は、自分の家族と義弟の渡辺数馬の家族を伴い九州に旅に出た。旅に出たというよりも、二人は鳥取に居場所がなくなり、はじき出されて、やむを得ず出ていったのであった。

二人が九州大村に行き付いて、大村で知り合った元神父の大櫛忠満に案内され、密かに島原に足を踏み入れたのは、寛永十四年夏であった。島原は戦国時代、必要とされてお家の為に藩の為に闘った武士達が報われる事がなく、その後平和な時代が来て江戸幕府の安定に伴い、過剰となった武士社会の歪にはじき出されて職を失い不満を持った各藩の浪人が、重政の失政に付け込み最後の憂さ晴らしのはけ口の場として集まった場所であった。

【この現象は近代社会でも、戦中戦後の動乱から抜け出して高度経済成長期の東京オリンピックに向けた景気の過熱から、日本経済の仕上げ段階に入った昭和三十五年から四十年前半にかけて、成長期を支え続けて来た労働者が職を失い浮浪者になって大阪に集まって暴動を起こした騒動にもよく似ている】

四

又右衛門が島原に入った時には既に、国替えされた有馬藩に加われなかった浪人が藩内の各地で一揆を起こし次第にその規模は膨らんでいた。剣豪として全国にその名を馳せていた又右衛門は、当初名を明かすつもりはなかったものの、然し九州では関ヶ原合戦で西軍に付いて京都の六条河原で石田三成と共に斬首された天草の小西行長の家臣をはじめ、日本の各藩で、戦国時代必要とされて一定の役割を果たして来た武士が世の安定により、その役割を終えて切り捨てられ職を失い、各地から集まって来た浪人達で次第に組織化されていく中で自分の意見を主張して、少なからずの影響力を及ぼすには名を明かす事が必須であった。

然し、身を明かしてしまうと武士の間では少しは知られた身分、長きに渡り徳川方に身を置いた手前、各浪人衆に、一揆軍の加勢に来たと言ったところで、そのまま受け取ってくれるはずもなく、もしかして徳川の隠密の疑いを持たれるのではと案じた。だが鍵屋の辻の事件は九州にも行き渡り、広く知られていて、そんな心配には及ばなかった。

「荒木又右衛門にござる」と名乗ると、浪人衆は死んだはずとされていた又右衛門が生きていた事を大層喜んで歓迎された。

又右衛門は、その名の元に、藩主松倉勝家と各浪人共が競り合いしていた小規模の一揆を止めさせて、更に大規模化する為に重政が空き城にして要塞の整った原城を格好の戦場として、浪人達の説得に回り、その補修に当たらせた。

更に組織を大規模化する事により、主謀者としての自分の名を伏せる狙いも又右衛門にはあった。

当然、戦をするにはどんな戦でも旗頭を立てる必要がある。この戦は聖戦である。聖戦である以上キリシタンでなければならない。それには昨今、島原に入ったばかりの、然も仏教徒の自分では人心が集まらない事位又右衛門は百も承知で後に下がる必要があった。

又右衛門の狙いはただ一つ、この戦に勝利して徳川幕府を混乱させて、数馬と共に幕府や池田藩に打撃を与えて怨念を晴らす事にあった。

又右衛門は旗頭には多くの浪人が主張したキリシタンの間で人気者の美少年、益田四郎時貞（天草四郎時貞）を挙げる事に異義はなく、寧ろ格好の人物であると思った。

弱冠十六歳の四郎時貞には戦の経験も技量もなく、柳生十兵衛の元で兵法を学んだ自分が影武者になるには好都合の人物である。

事は、又右衛門の思うように運んだ、小規模の一揆を止める事で勝家を安心させて、そ

四

の間に一揆に加わっていた百姓や漁師に原城への食料の備蓄に当たらせ、兵器の少ない城に小石の山を築かせた。

山からは、木を切り出して、丸太の大量の木材を城内に持ち込ませた。更に百姓の各家々の、ありったけの小便樽を持ち込ませて、便を蓄えて石垣の前には樽の中の汚物を落とすための櫓《やぐら》も組まれ決戦に備えた。

ピラミッド状に積まれた小石の頂上には十字架も立てられた。又右衛門も同行した数馬と共にキリシタンになる事を決意して城の中で潜伏中の元神父、大櫛忠満の洗礼を受け、身も心もキリシタンとして徳川幕府と戦う事を誓った。

大櫛忠満の父親、甚之助は、若き頃、日本で初のキリシタン大名、大村純忠の家臣であった。敬虔な信者を超えた、異常なまでの信者であった純忠と共に、藩内の社寺の破壊にも加わったキリシタンであった。

純忠亡き後に、甚之助の次男として生まれた忠満は父、甚之助の方針で幼い頃、まだ残っていた教会に預けられて日本人としては数少ない神父の道を歩いた。

大村藩では藩主純忠の死を機に（1587年）、関白秀吉の強い圧力で藩内でも禁教が敷かれて、多くの信者が厳しい取り締まりの末に、潜伏していった。

取り締まりが強くなるに連れて、当然の事ではあるが、忠満も藩内でのミサや布教活動の一切を禁止されて仕事を失った。

忠満は藩の取り締まりで迫害された多くの藩民を守るために、神父として「信仰は人の心の中に宿るもので表に出して表すものではなく、命あっての信仰である」事を諭して、事情聴取があれば柔軟に対応して棄教する、という事を勧めて、多くのキリシタンに自らも柔軟に対応して信者と共に潜伏していく事を誓った。忠満が多くの信者と一緒に潜伏していく事で、それに従った多くのキリシタンの命を救い、共に潜伏していったキリシタンである。

神父であった忠満に対する藩の取り締まりも厳しく、それを隠す為に神父として禁止されている結婚を決意して、三十を過ぎて農家の娘イソと所帯を持った。

城の中には田口喜右衛門の姿もあった。勿論、しっかり老いてしまった保五郎も達者にしていた。

島原に身寄りがいなくなった二人はこの戦いは死を覚悟して挑んで松倉勝家を何としても必滅させなければならない一心である。

保五郎が島原城築城で培った石垣積の技術は、原城の要塞建設で活かされて又右衛門へ

四

の助言者として助けた。

島原ではここ二年ほど、一揆が常態化して年貢の取り立てもままならず、藩の蔵などを襲う事により、残った人の食料事情は少し改善してきた。とは言え、穀物を作る百姓の手は少なく又、まともな農作業もままならない状態である。

広大な敷地の原城の中には、それ相応の食料の備蓄も出来て、蓮池の中には、豊富な水量もある。

原城での準備も整って時は来た。寛永十四年十月二十五日、百姓二百人を率いた浪人らによって有馬村代官所を襲い、有馬村代官、林兵左衛門の兵器や、家の食料を奪って家族諸共殺害して、その首を原城に持ち込んだ。

城外では島原半島南部で組織した五千人もの一揆軍が、途中の代官所を次から次へと襲いながら松倉勝家の居城、森岳の島原城に向かって進行した。

意表を突かれた勝家は慌てて自藩で兵を組織して応戦するも、原城からの援軍が城を出る時五千人で組織された一揆軍は、森岳に差し掛かる時には倍の一万人にも膨らんでいて、勝家はなす術もなく、城内に逃げ込み自軍の兵を城に掻き入れて、門を閉じて幕府に援軍を求める早馬を出すのが精いっぱいであった。

一揆軍に一ヶ月以上も包囲された島原城の機能は失せて、半島は無法地帯と化した。

島原城の機能が崩壊した事を重く見た幕府は、九州諸藩に出陣を命じて総大将には御書院番頭である板倉内膳正《いたくらないぜんのかみ》重昌を派遣した。

又右衛門は、いずれ幕府の援軍が届くと決戦は原城に移ると踏んで、キリシタンを中心に集まった百姓に指示して尚一層の城の要塞を築く事に専念した。

もとより原城は三方を海に囲われて、満潮時には独島になる守りやすい城である。城を落とすには海から攻撃する以外に方法はなく、船上から鉄砲を撃っても高い石垣の要塞で阻む作戦である。

これまで優勢に戦ってきた一揆軍が、重昌率いる幕府軍に押されて原城になだれ込んで来たのは、開戦から二ヶ月程が過ぎた十二月九日であった。

島原湾には薩摩藩をはじめとして、福岡藩、熊本藩、佐賀藩、唐津藩、松浦藩や大村藩、五島藩等の九州近隣の各藩の旗で埋め尽くされた。

幕府軍は十二月十日の朝早い満潮時を待って海からの攻撃を仕掛けてきた。一揆軍は城の縁から刀や長竿の槍を持った武士が、腰に巻き付けた瓢箪から取り出した鳥もちを、草鞋の裏に塗りながら石垣の間に杭を打ち登ってくる幕府軍に、わざと上から綱を垂らして

四

待った。城内に引き込む作戦だ。

又右衛門は多くの敵軍の多くの兵士を引き込むため、兵士が城に上がってくるまで城外の敵を攻撃しないように命じていた。

重昌に先陣を命じられたのは、島原藩の三百の兵士や、自ら申し出た五島藩家老、青方善介を隊長として五百を派遣した五島藩の内の三百の兵士であった。

又右衛門は武器の少ない原城に籠城する農民に、少しでも多くの武器を与える作戦に出たのである。島原、五島藩の兵の一番隊が全員城内に上り切るのを見た幕府軍総大将重昌は城内で善戦していると思い込み、更に八千の兵が追いかけてきた唐津藩や、一番隊として千五百の兵を派遣した佐賀藩に命じて石垣に何本も垂れ下がる綱で城内突入を決行し一気に原城の落城を試みた。

益田四郎時貞を頭とする一揆軍は城内で、何度も軍議を重ねて、準備を整えて待ち構えていた。

又右衛門ら一揆軍は城内に引き上げ誘き寄せた島原隊や五島隊の幕府の軍勢から、戦に飢え、数にも勝っていた一万五千の浪人らの手で一人の犠牲者も出す事なく武器の奪い取りに成功して気勢を上げた。

もとより五島藩には外部との戦の経験はなく、勿論ではあるが、五百の兵士の備えもなかった。

五島藩は幕府に要請されるままに、とりあえず幾らばかりの報償金で五島各地の海賊船を寄せ集め組織された素人集団であり、日雇いで無責任、結束力もなく危険な時は逃げる集団であったが、善介が先陣を買って出たのは、そこを承知の上であった。百姓一揆は五島でも何度も経験していて、幕府がわざわざ他藩の騒動に五島藩を要請するのは、その経験を高く買われての要請であると勘違いしたのであった。

何を勘違いしたのか、そこは井の中の蛙、初めての幕府の要請に対して戦の経験がない善介が自ら名乗りを上げて隊長を買って出たのは、善介に他の企みがあっての事であった。

善介の先祖青方氏は五島八氏の一人に数えられた海賊集団の頭であった。青方氏は五島で二番目に広い島である中通島南部に拠点を置いて活動してきた一族であった。

その後、宇久氏の勢力が南下する事により場所も近く、いち速く屈したのが青方一族であった。善介は先祖が宇久家に抵抗せずして屈した事で、宇久家第二位の地位を得たのであったが、代々同じ松浦党出身の、然も自ら活動して来た中通島の面積の半分にも満たない小さな島に拠点があった宇久家に支配された屈辱感を代々拭い切れずにいた。

善介は五島藩の隊長として派遣された島原での戦は五島家への反旗を掲げる絶好の機会として捉え、長年抱いてきた先祖の怨念を晴らす為には、又とないチャンスであり、青方家の執念でもあった。

善介は、この戦で先陣を切って功績を残して名を上げて幕府に青方氏の旧領、上五島の分地を認めてもらい、あわよくば五島藩の乗っ取りを企んでいたのである。

五島藩は豊臣秀吉の薩摩征伐の折、羽柴秀長の要請を受けて出陣した錦江湾でも薩摩藩との和議の成立で、戦が分からないまま、戦う事無く引き揚げた為に城攻めの経験も、その装備の持ち合わせもなかった。

「なに、百姓如き、我が軍が叩き切ってやる」と善介は意気揚々と立ち上がった。

全国の浪人集団を甘く見た善介は自ら軍隊長を志願して軽装備で出陣していったというより、それも仕方なかったのであった。

だが徳川政権が安定期に入った今、百三十にも及ぶなだらかな島々から成り立つ五島列島で暮らす島民は、五島家一万五千石の元で統一されたものの、標高の高い山が少ないにも関わらず殆どの住民が農業には従事しないで、その日の飲み水にも事欠く小さな小島や、辺鄙な海辺に暮らして、長年に渡り続けてきた五島家本来の稼業でもある海賊を糧として、その日暮らしに終始している住人が多かった。五島藩もそれを、由《よし》ないとして許して、豊かな山間部の開墾を怠ってきた為に財政も苦しく、全国の他藩が長い行列を作って行う三年に一度の参勤交代も、五島藩では護衛もなく、殿を含めて僅か四、五人が小さな小舟で移動する程に貧しかった。海賊船に与える武器等の装備品は皆無に等しく、武器は海賊それぞれに持ち合わせの刀とか槍や弓等で、城に上がるのは、ヒッカケと呼ばれる金具を船に投げ込み艫に掛けて下に結んだ縄梯子で駆け上がる海賊が日常使用する道具であった。

善介は先祖の怨念を背負って先陣を買って出たが、自身の余りにも無知、無謀な行動の上に、この戦の為に集められて、その日が初顔合わせである隊員同士は、士気もなく統率力もなかった。その責任を果たす事なく、一刻程の戦いで自軍の兵士の半分以上を失って、残った隊員の殆どが島に逃げ帰る結果に終わり、百戦錬磨の浪人の前に、善介の目論見は脆くも崩れ去った。

幕府軍の二番隊の城内突入を防ぐのは百姓達の役割であった。城壁の一番高い場所に陣取って百姓を指揮するのは、渡辺数馬である。

四

「今じゃーかかれー」

数馬は敵方の先頭の兵が一応城壁を乗り越え上がり切るのを見計らって、更に二番隊が上がる寸前を見て城壁手前に十数基も仕掛けられた回転式櫓を回して小便樽に溜められた糞尿の雨を一気に落とし浴びさせた。

「行けー行けーもっと行けー」

回転式櫓は敵方が対峙する船からは見えなくなっていた。櫓の中心部に長い竿を取り付けて、竿の先に小便樽を結んで竿を回転させる事で樽の淵を石垣に当て、更に回転させる事で樽の中身だけが石垣の外に落ちる仕掛けになっている。

「わしらの最後の仕事じゃ、ぎばれー」保五郎も大声を出して叫んだ。

「おうー行くぞーやろかーいー」喜右衛門も応えた。小便樽を取り換えるのは捨て身の老人達の仕事である。

原城を死に場所と決めた保五郎も喜右衛門も必死に竿の先の空になった小便樽を取り換えた。

先頭隊が上り切るのを見た二番隊は思わぬ場所で頭から糞尿を浴び、兵士は反り返るような姿勢で満潮の海の中へ落ちて行く。その煽《あお》りを受け、下から続いて上がってくる兵士も次から次へと海に沈んだ。

「丸太を落とせ」

数馬は若い一揆軍の兵士に命じた。

それでも残って石垣にしがみ付く兵士には上から城内に高く積まれた木材の丸太を落として掻き落とした。

幕府軍の船で隙間なく埋まった島原湾は、糞尿を浴びて落ち石垣や船に当たり命を落とす者、落ちてきた丸太に当たって死んでいく兵士、辛くも生き残って落ちてきた丸太にしがみ付いて、必死に船に這い上がろうとする兵士、それらの兵士を救おうとする船、船上から城壁の上の一揆軍を目掛けて火縄銃を放つ船、石垣の真横に投錨して落ちてきた丸太に当たって沈没する船でごった返した。

「上がってこい、素人ども、この腰抜けども、これまでか、かかってこい」

城壁から引き上げていく幕府軍に数馬は叫んだ。

又右衛門が丸太を落とす作戦は三つの理由があった。一つは城壁を上がってくる敵を払い落とす為に、二つには落ちた兵士を丸太にしがみ付かせて小石を投げて攻撃する為である。三つ目の目的は丸太を落として攻撃の船を遠ざける目的である。

四

城壁側の船は落ちてきた兵士の救出に当たらねばならず、攻撃の船は、その後に付かなければならないからである。

「石を投げ落とせー」一揆軍は、数馬の合図で一斉に城壁から城内に山のように積まれた小石を百姓の手渡しで城壁に上げて、丸太にしがみ付く兵士や、船の上から手を伸ばして助けようとする兵士を目掛けて小石の雨を降らせた。

「もっと遠くまでに飛ばせ」又右衛門も声を荒げた。

保五郎も喜右衛門も怒号が飛び交う中、小石の手渡しに参加した。

幕府軍の船は落ちてくる丸太や雨のように降ってくる小石に押されて、後退りしていく。後方の鉄砲隊も揺れる船上からの攻撃はままならず、一発も命中しない。二刻にも及んだ戦は潮も引き錨を上げて石垣を離れていく。

「やったー敵は離れていくぞー」百姓の若者の一人が言った。

「やったー」「やったー」「やったー」一揆軍は鬨を上げ叫んだ。

「やったーやったー天草四郎殿、ばんざーい」

「ばんざーい、やったーやったー」

城内には再び歓喜の声が広がった。

「まだ、まだ早い、やめろー」数馬は、城壁の一番高い場所から、歓喜に沸き立つ城内の引き締めに怒号を浴びせた。

「戦いはこれからだ」正門の前に待機する敵軍に早すぎる歓声の引き締めに又右衛門も躍起である。

潮が引いた原城の浜辺には千体程の幕府軍の兵士の死体が横たわり、又右衛門が城内に誘《おび》き上げて槍刺しにした幕府軍の六百の死体は山と積まれて石垣の前に横たわり、冬の西風が城内の血の臭いをかき回した。

又右衛門は、城内に横たわる死体を次の戦いでは雨のように降らせて、石垣を上がってくる兵士を、削ぎ落とす計画である。武器のない戦は、酷ではあるが、どんな物でも武器に利用しなければならなかった。

潮が引くと今度は正門前に待機している幕府軍を警戒しなければならない。潮が引くと正門は陸続きになるからである。幕府軍は海からの攻撃で余りにもの大敗を喫した為か正門前の軍を動かそうとはしなかった。

城内では早速軍議が開かれ、関ヶ原の合戦で切首となった小西行長の家臣、木戸又治郎と名乗る男が強く主張して多くの浪人が賛同した、正門前に待機する幕府軍に正面突破で一気に潰してしまう策を、又右衛門は、野戦になれば一揆軍の武器が竹槍や農具の鍬とか鎌では幕府軍の優れた武器の前には太刀打ち出来ず、敵方の城突入を待つ以外手立てはない事を主張して諭した。

初日の原城での決戦は僅か一万五千石の板倉重昌を総大将とする幕府軍だけが動いて、七十二万石を誇る島津藩や五十二万石を有する黒田藩、両軍は原城を遠巻きに、これ又百姓の一揆を甘く見たのか、総大将板倉重昌率いる幕府軍に、「我、任にあらず」と見たのか、動こうともしなかった。

戦は一揆軍の完勝で終わり城内では気勢を上げて次の戦いを待った。

翌日、夜が明けると、強い西風に押され、満ち潮に乗って現れた帆柱で、島原湾から遠く有明海までの海は埋め尽くされた。

橘湾近海で待機していた薩摩藩や福岡藩の船が西風を避けて島原湾やその先の有明海に避難してきた船が帆を下した為であった。その数は、その先を原城の天守閣からも見渡す事も出来ないくらいの数で、アリが入る隙間もない数の船で埋まった。集まった烏合の衆は、この日風が強いせいかこの日はまだ大した動きはしてこない。

昨日の攻撃で、大敗を喫した重昌は風が強い日の海上からの攻撃は不利と見たのか、思っても見なかった大敗に打つ手を見出せないのか、石垣には綱が垂れ下がったままである。

又右衛門は、敵方に多くの犠牲者を出させるために、綱をわざとそのままにしておいたのである。

有明海から島原湾に陣取った薩摩藩や福岡藩の大群の船は未だ動こうとせず、不気味さを匂わせていた。

それでも時々、様子見なのか、近寄ってきて城壁を上ろうとする兵士もいる。

又右衛門は、そんな兵士には敵軍の死体を投げ落とさせて対応した。

「上がってこい」数馬は叫んだ。

城壁の上から威嚇する浪人に、敵陣は船上から銃を撃つも一発も命中しなかった。

風も止まず、戦は膠着《こうちゃく》のまま三日が過ぎた。

思いもよらぬ大敗に敵は作戦を練り直しているのか、三日が過ぎても動こうとはしなかった。城内の浪人や百姓の中には退屈のあまり城壁から釣竿を垂らす者が続出した。重昌には打つ手が見当たらないようである。幕府軍の中には余りにも大敗で士気が上がらず、引き上げて行く船も続出して重昌の焦りの色が窺われ、海からの攻撃を諦めたのか、

四

重昌は潮が引いた正門の前に、大群の兵を集めた。残った船も城を囲み臨戦態勢に入ったようだ。

潮が引くと、海からの攻撃は更に困難になり正面からの攻撃に作戦は変わったようだ。

三方を海に囲まれた原城の正面入り口の海水を取り入れた堀も潮が引いてくると自然に陸繋がりになる。

又右衛門は、正面からの攻撃に備えて、石垣職人、保五郎の知恵を借りて、そこにも、いくつかの仕掛けをした。

先ずは、正門前の堀の橋を上げるのは常識で、潮が引いた後、空になる堀の向こう岸を下り坂にして、敵方からの攻撃が考えられる木材を乗せた大八車を追突させ門扉を破らせないようにした。

門扉を乗り越えてくる敵方には、門扉の後に城内の石垣を組み替えて石垣の迷路を築き一度に多くの敵が侵入出来ないようにした。迷路の途中には何ヶ所も仕掛けを作り、敵の頭上からも、横からも攻撃出来るような仕掛けも築いた。

敵方の配置を見た又右衛門は、戦の経験豊富な、多くの浪人を正面に待機させて、海側には百姓を配置し準備を整えた。

鉄砲の音を合図に一斉に怒号と共に敵方の兵が動いた。先頭は又右衛門が思った通り丸太を積んだ大八車である。

「ド、ドーン」

「ドドド、ドーン」

何台もの大八車は轟音と共に堀の石垣にぶち当たり、大八車が当たるたびに城内にも響き渡った。

保五郎の指揮の元、積まれた石垣は人力で押す大八車の衝撃にはびくともしない。

轟音が続いた後に、大八車を諦めた幕府軍が人櫓《ひとやぐら》を組み、門を乗り越えて城内に侵入して来たのは半刻程が経ってからであった。

「かかれー一人も逃すな」

浪人を指揮する又右衛門の罵声が飛んだ。

それを待ちかねていた一揆軍の浪人達は、次から次へと飛び降りてくる幕府軍の兵士を待ち受けて長槍で突き刺していった。

下から押し上げられた人櫓の頂上からは、正門を乗り越えて雪崩を打つように飛び降りてくる。

四

飛び降りた幕府軍の兵士は折り重なって倒れていく。後から押されて落ちてくる兵士は振り返って戻ろうとするが、後ろから押されてくる人波は止まらない。

「押すなー」と叫び声を上げながら落ちてくる兵士の胸に容赦なく一揆軍の槍が突き刺さる。

入り口で難を逃れて迷路に逃げ込む兵士には、出口で待ち構えた浪人達の槍が襲い掛かる。

迷路の出口で浪人が逃した兵士を襲う為に竹槍で待機した百姓達は、高みの見物である。

浪人が一刺しする度に百姓達の歓声が城内に沸いて、響き渡った。

命を落とした幕府軍の兵士は次から次へと百姓達の手で、海側の石垣の前に運ばれていった。

「良か武器になったたい」

独り言を呟いた木戸又治郎の五十を遥かに超えた顔の皺《しわ》は更に深くなった。

この戦いでも重昌の陸からの攻撃も、幕府の一方的な敗戦で一刻半の戦いは終わった。

潮が満ちてきて大量の兵士を正門から上げる事が出来なくなり、このまま戦っても犠牲者は増えるばかりであると悟ったからである。

　大敗が続く重昌には潮が満ちてきても海からの攻撃に切り換える気力もなく幕府軍の正門を突破して上がってきた五百の兵士は一人の生還者もなく一揆軍にも多少のけが人は出たものの死に至る者は出なかった。

　この日の戦いも一揆軍の大勝利に終わり、城内は歓声に沸き士気も高まった。

「又右衛門殿、さすがでござる。これは、よく出来た要塞でござる。この分では、何度攻めてこられても抜かりはあるまい」又治郎は、又右衛門をたたえた。

「何を申される。これは百姓共の仕事でござる。あそこに腰を下ろした老人共の仕事でござる。又治郎殿こそ、見事な采配ぶりでござった。又治郎殿がいなければ、こんなに浪人共がまとまる事はあるまい」と又右衛門も又治郎をたたえた。

「いやいや、そんな事はあるまい」と又治郎も返した。

「又治郎殿とは不思議な縁でござる。手前共、数馬と打ち取った敵の名が又五郎であった。この戦で知り合って教えを乞うのが又治郎殿であり、拙者の名が又右衛門とは、なんとも妙な縁でござる」と又右衛門は又治郎の働きをたたえ、保五郎ら要塞建設に関わった老人らをたたえた。

四

「幕府もこのまま引き下がる訳には行きますまい。又右衛門殿、これからも、又、又の二股の又の二人三脚で闘いましょうぞ」と言った又治郎は上機嫌であった。

「ハハー、心得てござる」又右衛門は年上の又治郎の仕事ぶりに、敬意を表して頭を下げた。事実一万五千人もの浪人を束ねる又治郎の統率力は優れていて、昨今島原に入った又右衛門等の力量は、到底及ばぬ者であった。

遠目で見て動こうとしない薩摩藩や福岡藩の前線に、備後福山藩、弱冠十四歳の水野勝貞率いる六千の軍が島原湾に到着したのは暮れも押し詰まった二十日早朝であった。

十六歳の四郎時貞率いる一揆軍と十四歳の水野勝貞率いる幕府軍の美少年対決は、勝貞方から火蓋を切って始まった。城を囲った鉄砲隊が一斉に城を目掛けて撃ってきた。

鉄砲の音にいち速く反応したのは数馬であった。

数馬は何時もの石垣の一番高い位置に陣取った。

「なに鉄砲ごときで、慌てる事はあるまい」又治郎は言った。

又右衛門もこれまでの戦いで下から撃つ鉄砲は通用しない事は分かっている。

余りにもの数の多さの鉄砲の音に百姓達も反応してそれぞれの位置に配置した。

一揆軍のこれまでの戦で、訓練された見事なまでの分業体制の配列の準備は整った。

鉄砲の音は正門の前からも聞こえてくる。

原城は完全に敵方に包囲された。

重昌は、原城内をよく知る原城の元の主、日向国延岡藩、有馬直純に正面からの攻撃を懇願したのである。

「有馬殿、原城とならば、言わずとも知れた有馬殿の居城でござった。お主ならば、この城の弱点もよくご存じであろう。この場は是非お主の力で百姓共の息の根を止めて頂きとうござる」と言って重昌は延岡藩五万石の直純の前で土下座した。

「板倉殿、よくぞ申し付けてくれた。百姓共の息の根は、この直純が仕留めてご覧頂きます」とは言え直純には、龍造寺隆信との戦いや沖田畷《おきたなわて》の戦いで活躍して来た戦国時代の名将として動乱をくぐり抜けてきた父の晴信と違い、戦の経験はなかった。


【直純の父晴信は今、鍋島領となっている彼杵や藤津、杵島の三郡の自分の旧領の取り戻しに強いこだわりを持っていた。慶長十四年（１６０９年）ポルトガル領マカオに寄港した晴信の朱印船がポルトガル籍の船マードレ・デ・デウス号の船員と現地酒場で諍いを起こして、朱印船の乗組員六十人が殺害されて積み荷を奪われてしまう事件が起きた。

四

その後マードレ・デ・デウス号が長崎に寄港する事を知った晴信は将軍家康にマードレ・デ・デウスへの報復許可を願い出て許可を得た。

晴信軍は逃げるマードレ・デ・デウス号を取り囲み攻撃して沈没させる事に成功した。その時、家康の目付け役として晴信の船に同行したのが家康の側近中の側近、本田正純の与力、岡本大八であった。大八は将軍家直轄地である長崎、その長崎奉行所に勤務していて、日頃の晴信の野望を知っていた。

大八は主君の正純が、この度の褒賞として晴信の旧領を分け与えたがっているとの虚偽の情報を持ちかけて、その運動資金として多額の資金を要求した。晴信は大八が偽造した家康の朱印状を見せられ信用してしまい、念願であった旧領の取り戻しの為になるとの思いから大八の再三の要求に応じて、朱印船貿易で得た利益の全てを渡してしまった。

その後、晴信は資金を渡したものの事が一向に進まない事を不審に思い直接、本田正純に事情を説明して旧領の回復を懇願したのである。多額の金品をだまし取った大八はその金を自分の懐に入れ、工作費としては一切使わず、長崎などで酒や賭博、遊女などの遊行費に使い果たした。

家臣の不正の事実を知った本田正純は驚愕して、さっそく大八を呼び付けて事件の真相を問うた。大八は正純の聴取に対してシラを切り通したので、正純は遂に将軍家康に申し出て家康の裁断を仰ぐ事になった。

この事件を重く見た家康は江戸奉行大久保忠隣《おおくぼただちか》に命じて二人を忠隣の与力、大久保長安邸に於いて対決させる事になった。

その結果、家康の朱印状を偽造して、金品を受け取った岡本大八は、駒府市中を引き回しの上に安部川の河原に於いて火炙りの刑に処された。

一方の晴信は旧領の回復を画策した罪に問われて島原藩四万石を没収されて、甲斐国に流罪の後、切腹を命じられた。

二人の男の欲が絡み合って起きたこの事件を岡本大八事件と呼び、その後の島原藩には、あの松倉重政が就任する事となって、島原半島では、幸せに暮らす多くの民が「這う這うの体」になって逃げまとい、残った多くの民を原城での決戦に追い込んで、藩民を地獄のような生活に虐《しいた》げた罪は正しくこの二人の私欲から始まったと言っても過言ではない。

岡本大八事件で切腹を命じられた晴信は、ドン・プロタジオの洗礼名を持ち敬虔なキリシタンであった。キリシタン大名として知られた晴信が治めていた島原半島では領主の晴

四

信の推奨の影響もありキリスト教は領民の中にも深く浸透していった。

その後秀吉のキリスト教禁教令が敷かれた後も、晴信は秀吉の圧力により自身の棄教には応じたものの藩民のキリスト教徒を保護し続けた。

岡本大八事件で流罪の末に父晴信が切腹を命じられた後に跡目を継いだ適男、直純は、家康の養女として育てられた娘と再婚していて、幕府にキリシタンを取り締まる事を誓っていたために、事件のお咎めもなく、有馬四万石から増量された日向国延岡藩五万石に転封され、キリスト教を信仰していた多くの家臣が棄教出来ず、それらを残して延岡に移った為に、自らが自分の優秀な元家臣を相手に自身の元の居城で戦う羽目になった。

城の中をよく知る直純は城を落とすには、城の正門扉をぶち破って一度に大量の兵士を中に入れる以外に方法はないと考えて助言もした。先ずは城の中に大量の兵士を入れるには城の門扉を突き破る必要があった。

直純は門扉を開くには堀の前の坂を埋めて橋を架ける必要があると判断した。直純は正門を鉄砲で威嚇し続けて、その間に堀を埋めてしまう計画であった】

「敵は堀を埋めるつもりじゃ」正門を見張る浪人が言った。

「あわてる事はない。精々弾がなくなるまで撃たせておけ」又治郎は落ち着いた態度であった。

又治郎は堀を埋めるには潮が引くのを待って堀の前まで来て作業をする必要があり、そこを鉄砲で狙い撃ちすれば良いと考えた。

「鉄砲の準備にかかれ」又治郎は鉄砲隊に命じて正門の石垣に待機させた。

鉄砲なら一揆軍にも松倉勝家から奪い取った多少の備えはある。

敵方の攻撃は先ず福山藩の部隊が海から攻めてきた。福山藩も重昌と同じく船の上から長梯子を掛けて一度に大勢の兵が城の三方からよじ上ってくる。

船からの攻撃に対峙するのは数馬である。福山藩の部隊も重昌と代わり映えのない攻撃を仕掛けてきた。

敵軍の一際大きな船の上に取り付けた指揮台から手旗を振って、やっと声変わりが済んだばかりで、あどけない顔を引き付けて声を荒げて指揮するのは弱冠十四歳の水野勝貞である。

「バカ者、この小癪な野郎、見てやがれ」数馬は遠くに対峙する勝貞に大声を上げた。

数馬は、勝貞の攻撃には城内に山と積まれた敵軍の遺体を投げ落として対応した。

四

真冬の事とはいえ、野晒にされた遺体は吐き気を催すような臭いがする。遺体は数珠つなぎになって城の石垣を上がる勝貞軍の兵士の頭を直撃する。

落ちてくる遺体をかわして何とか這い上がろうとする兵士にも遺体の雨は二度も三度も容赦なく落とされる。

将軍家光に直々に命じられて出陣する事になった福山藩は、総大将の重昌を除いて唯一九州諸藩以外から討伐に加わった藩であった。

将軍家光は勝貞の意気の良さや度胸の良さを聞き付けて少年勝貞を名指して福山藩に命じたのであった。

やんちゃ盛りの勝貞は、戦国時代の暴れん坊として、大坂冬の陣や夏の陣で、その名を馳せた父親の勝俊にも勝るとも劣らぬ強者である。

勝貞は落ちてくる遺体の多さに呆気に取られたものの、勝貞の負けん気の強さは将軍家光が期待していた通り、尋常ではなかった。

勝貞は数珠つなぎになって石垣を上がっていく自軍の兵士が落ちても、それを救おうともせず、次から次へと上げていく。上手くいかぬと見るや、指揮官自ら最も信頼する家臣の猪熊三右衛門を引き連れて上がろうとする。

「上様、上様は、お家の宝でござる。戦況は悪い、行ってはなりませぬ」戦況を見て福山藩重臣の上田玄蕃は小舟に乗り換えて、城の近く寄って上がろうとする勝貞を必死に止めた。

数馬は勝貞の負けん気を逆手に利用する事を考えた。

五島藩や島原藩の兵士のように一定数を城内に引き入れて少なくなった遺体を確保する事が出来るのである。

湾内には一揆軍が武器として落とした人の遺体と勝貞軍の削ぎ取られた死体が満ちていく潮に乗って島原湾に流れている。

城の上からは、駆け上がってくる勝貞軍の兵士に落とされた籠城中の、一万五千人分の糞尿が落とされ、黄銅色の帯をなして島原湾に吹き付ける強い西風と満ち潮が相俟って複雑な渦を巻く。辺りには、主を失って操舵不能になった勝貞軍の船が海の中を埋め尽くしている。城の周りは名状《めいじょう》し難《がた》い絵図と息苦しいまでの臭いが漂って、その異様な臭いは渦に乗って遠巻きに対峙する薩摩藩や福岡藩の部隊までも包み込み襲った。渦は遠く対岸の肥後の国、宇戸にまでも届いた。

数馬は薩摩藩や福岡藩の戦に加わらない兵士には地獄の海を見せて戦意をこそげ落とし

た。薩摩、福岡の両軍の兵士は嘔吐しながら海に浮かぶ死体をかき分けて橘湾に逃げ去っていった。水野勝貞は城内に上がっていった自軍の兵士までもが武器として落ちてくるのを見て、攻撃を止めざるを得なかった。

勝貞は、二刻も戦って二千余名の犠牲者を出し、なす術もなく、引き揚げざるを得なく一揆軍の守りの固さを思い知り惨敗に終わった闘いに悔し涙を飲んだ。

【尚、この戦で一番の犠牲者を出して勇敢に戦った勝貞に、戦い終了後、将軍家光は御目《おめ》見《みえ》以上の称号を与えて、参勤交代の度に将軍自ら、江戸城に呼んで酒をふるまった】

戦いは勝貞が敗れて潮が引いた後も続いた。重昌、直純両軍が、今度は陸から攻めてきた。

直純は元の城主としての威信を賭けての戦いである。直純は城の内情を知るとはいえ、又右衛門や安五郎が見事なまでに改装した要塞の迷路までは把握しておらず、その後の見取りを知り得る人は直純軍の中にもいなかった。又城に入った幕府軍の一人の生還者もなく、知れようがなかった。

直純は堀を埋めようにも合戦中の工事は容易ではなく、又治郎率いる鉄砲隊の中でも鉄砲の名人としてその名も高く、直純がキリスト教信仰を捨て切れなかったとして、島原に残していった自分の家臣、三会村金作《みえむらきんさく》を中心とする鉄砲部隊に阻まれて、夜暗くなっても一人の兵士も城内に入れる事が出来なかった。直純の威信を賭けた戦いは、皮肉にも自身の元家臣の手により、多くの犠牲者を出す羽目になって終わった。

どんよりとした空が暗くなり、引き揚げていく重昌、直純の部隊に年の瀬も押し迫った師走の木枯らしが吹き付け追い打ちをかけた。

今度の戦いでも多くの犠牲者を出しそれぞれの陣地に引き揚げていく部隊も、正月を目前にしながらも国に引き揚げていく気配はなく、原城を取り囲む各藩の陣地には篝火が上がる。

篝火は日野江の山を取り囲むように、口之津や有家の浜辺、遠く対岸の天草の島々で強い風に揺れている。

陣地で待つ重昌は、戦況報告に来た副将の、戦場で指揮を執った石谷貞清に不快な顔をした。

「貞清、相手は百姓如きではないか。百姓如きを、なぜ落とせぬ」重昌は苦虫を嚙み潰したような顔をした。

「重昌殿、相手はズブの百姓ではなく熟練の鉄砲隊も控えておる、敵ながら見事な手捌きである。薩摩や福岡が動かぬ以上、幕府に援軍を申し出る以外方法はなかろう」

「バカを申すな。幕府に援軍を申し出れば、二人の地位もあるまい。地位どころか、命までも危うい。何としても潰さねばならぬ」焚火と酒で暖を取っていた重昌の赤ら顔が即座に青くなった。

重昌は副将の貞清に不快な顔をするものの、自身の直の部下ではなく将軍家光に仕える貞清に、大将とはいえ小心者の重昌は強くは言えなかった。

「重矩《しげのり》、今夜は中に隠密を入れて、中の様子を探れ」何度挑んでも退けられ焦りの色も濃くなった重昌は嫡男の重矩に命じた。

重昌が一揆軍を攻め落とせないのは唯、一揆軍を甘く見ただけではなかった。将軍家光に大将として指名されながら己の気の弱さから、与えられた駒を十分に動かす事が出来ないまでか、その裁量もなく、重昌の行動はまるで、初代将軍の徳川家康の教えとは真逆の行動であった。

百戦錬磨の家康は、敵と戦うには、まず敵を知るべし、そして己を知るべしと教えたのであった。重昌は大坂の陣から二十年も続いた平和にすっかり慣れてしまい、まるで平和ボケであった。

重昌は多くの犠牲者を出してから、やっと敵軍の調査に着手したのである。

「明日この風では海からの攻撃は無理であろう」明日が見えない重昌は独り言を言って深く一息ついて自分の横に置いていた瓢箪を持ち上げて手酌で茶碗に酒をついで、向かいにいる副将の貞清に差し出そうともせず、自分一人で一気に飲み干した。

原城に吹き付ける冬の嵐は五日間も収まらなかった。その間、重昌は打つ手もなく勿論戦況も変わる事はなかった。

幕府軍は何回挑戦しても退けられ、引き揚げられもせず、ただ周りを取り囲んで何日も動けなかった。幕府軍から動かない限り戦況に変化はあろうはずもなかった。

重昌は白旗を掲げて、何度も和議に応じるように使者を送るが、一揆軍は一向に和議等に応じる気配もなかった。

戦況が動く気配のない状況に、一揆軍が籠城する城内にも次第に焦りの色も出てきた。

籠城中の元神父、大櫛忠満は、交易船で渡航してきたポルトガルの神父に、島原での幕府の過酷なキリシタン取り締まりの状況を説明して、籠城前に幕府に圧力を掛けるよう要請していたが何の返事もなく、城内の食料も次第に枯渇していく中、人々の不安は高まっていった。

焦るのは一揆軍ばかりではなかった。二ヶ月以上も一揆軍を平定出来ない板倉重昌に見切りを付けた幕府が代わりの総大将に、老中松平信綱を任命したのである。

それを聞き知った重昌が、肥後藩、細川忠利に願い出て援軍を得て総攻撃に出たのは、寛永十五年の元旦、早朝であった。

何としても老中松平信綱が島原に入るまでに平定せねばなるまい、そう思った重昌は幕府に要請されながら一度も動いていない細川忠利を利用したのであった。

五十二万石を誇る外様大名、細川忠利も近隣藩として、老中松平信綱が届くまでには、幕府に協力の意図を見せたかった。

細川五十二万石の軍が動く以上、他藩との格差を見せなければ面目が立たない。幕府に言い訳出来ないとの思いは重昌と同じであった。

細川軍の攻撃は元旦早々夜も明けぬ七つ時であった。重昌は突然意表を突くように仕掛けてきた。

外の騒ぎで又右衛門が気付いた時には、城内には既に海から、細川軍の兵が上がっていた。

「これしきの兵、まだ間に合う、かかれー」と叫んで敵軍に向かって唾を吐き捨てた又右衛門が何時もの配置についた。

城内には敵を見分ける為に、あちこちに篝火が焚かれた。城内には既に五百程の兵が上がっている。数馬も慌て指定席の石垣の最上段に着いた。

海からは一揆軍が仕掛けた十数本の縄梯子からアリの行列のように細川の兵が、這い上がってきている。

原城内にはすでに十数本の肥後藩のぼり旗が上がって梯子の周りを細川軍の兵が厳重に取り囲んでいる。

「縄梯子を切れ」

数馬はこれ以上の兵を城内に入れないために先ずは縄梯子を切り落とす必要があると考えた。

「これやー走れ」保五郎は老人仲間と焚火を囲んで暖を取って筵に包まって寝込んでいたが、数馬の声で起き上がって燃え盛る薪を取り出して慌てて浪人に手渡した。

すると百姓達は、保五郎につられて、一斉に燃え盛る薪を手に持って敵軍に突進して

四

いった。暗がりの中で浪人達も槍で応戦し、百姓も敵に石を投げて浪人を援護した。数で勝る一揆軍は見る見るうちに細川軍を制覇していった。

幕府軍総大将の重昌は細川軍とは別に正門からの攻撃を試みた。

重昌も正面から決死の覚悟で陣頭指揮を執った。正門から上がろうとする重昌軍に応戦するのは、又治郎である。

重昌の兵もすでに百人程が城内に入っている。正面からの侵入者は迷路を通過しなければならず、百程の兵ならば、ここは簡単に討ち取れる。又五郎は、城内に入った敵兵は十人ほどの浪人に任せ、正門石垣に待機した鉄砲隊の指揮にあたった。

七つ時の暗がりの篝火の前で指揮を執る重昌は、まるで自分を撃ってくれと言わんばかりの仕草である。

又治郎と同じ小西行長に仕えていた信頼出来る同僚で、行長亡き後に有馬晴信に仕えていてその後に晴信の嫡男、直純が延岡転封時に残していって浪人となっていた鉄砲の名手、三会村金作が中心である。

針の穴も通すといわれた程の腕前であった金作が放った砲弾は重昌の兜から僅かに覗いていた目玉に見事に命中して、重昌の顔はぶち抜かれて脳みそも飛び散った。総大将、板倉重昌は、ここに倒れ五十年の生涯を閉じた。

夜明けと共に戦は終わった。暗がりの中で何時もの陣地で大声を上げて指揮した数馬の胸には、辺りが明るくなると六本の矢が刺さっていた。

数馬はこの所何日も動きがなく、よもやの元日の早朝の事でもあり、これまで何度も幕府軍の攻撃を退けた経験から油断があり、幕府軍の咄嗟の作戦に意表を突かれ鎧《よろい》を着ける暇もなく慌てて陣地に付いた為に、敵は声の発生位置を狙い撃ちしたのである。数馬は石垣にもたれて、立ち姿の雄姿は渡辺数馬三十歳の生涯であった。

一刻にも及んだ戦いは、一揆軍にも、この戦いで八百人の死者が確認されて、これまでの最大の被害を出したものの、五十二万石の細川軍にしても、百姓共の一揆軍を破る事は出来なかった。

城内に入った重昌軍、細川軍合わせて二千人は一人として生還する事は出来なかった。敵軍の遺体は風下の一ヶ所に集められて、大櫛忠満の簡単なミサの後、野晒しにされて高く積まれた。

保五郎ら生き残った老人達は、城内に穴を掘って一揆軍の犠牲になった死体を埋める作業に追われた。

四

元旦早々から戦で犠牲になった一揆軍の大櫛忠満の葬儀ミサは一週間も続き一揆軍の人々は聖歌で犠牲になった人々を見送った。

細川軍に勝利したとはいえ、幕府軍の包囲は解かれず、一揆軍の不安は益々高まっていった。

城内では食料が枯渇していく中で天草四郎時貞を頂点とする、又右衛門、又治郎ら浪人らの軍議は行われた。

又右衛門は、島原に入る前に大村に待たせている数馬の妻との約束で数馬にもしもの事があったら、遺骨だけは拾って渡すとの約束であった。

元旦の戦いで総大将重昌を失った幕府軍の沈黙は十日も続く。又右衛門は一揆軍総大将、天草四郎時貞や又治郎の許可を得て城内で焼いて遺骨になった数馬を自分自身も遺骨になる前に数馬の妻に引き渡す為に、城の脱出の機会を窺った。

又右衛門が大櫛忠満と共に田口喜右衛門の手引きで城を出たのは十一日の夜も明けぬ早朝であった。城を無事に抜け出すには土地勘のある田口喜右衛門の力が必要で、喜右衛門も快く案内を、承諾してくれた。喜右衛門は案内を承諾したと言うよりも、喜右衛門自身、この戦に勝つために、どうしてもやらねばならない仕事があった。

城内の蔵から枯渇していく食料の調達であった。城内に立てこもる一万人以上もの人々の胃袋を満たしてやらなければ戦に勝つ事は出来ない。食料の確保が出来ないと戦に勝つどころか、このままでは城内の全員が、いずれ餓死に追い込まれてしまう。町医者として活動して来た喜右衛門は、藩内では多少なりとも名も知られており、食料調達には自分が最適との自負もあり、城を出て城外からの支援を決め、二人の道案内を買って出る事にした。

三人が城を出ると、凍てつくような寒さの中でも脱城を防ぐ為の幕府軍の見張りは、厳重である。

三人は忍び足で進んでいったが、こちらの物音に気が付いたのか、灯りを持った五、六人の見張りの侍がこちらに灯りを向けた。

又右衛門は、暗闇の中、二人に臥せるように合図して三人は身を隠した。又右衛門は、立ち上がりざまに小石を拾って、見張りの侍の傍の藪に投げた。藪から運よく一羽のウサギが飛び出していった。

「何、ウサギか」見張りの侍は安堵した様子である。

臥せたままの二人をよそに、又右衛門は油断した見張りの侍に忍び寄って、後ろから、

四

一人の侍の首を一突きした。又右衛門の刀は、物音に気付いて振り向いた他の四人の侍に斬りかかり、侍の頭は、腰に差した刀を抜く間もなく、地面に落ちた。

又右衛門ら三人は、倒れた五人の侍から小田原提灯と、板倉藩の旗を奪い取り、何食わぬ顔で無難なく敵陣地をすり抜け、一刻も歩いて喜右衛門の屋敷がある口之津に着いた時には辺りも明るくなっていた。

又右衛門と大櫛忠満の妻が待つ大村に行くには、二人が入った海路で島原湾を抜けて有明海に入り諫早から陸路で大村まで徒歩で行くのが最善の道のりであるが、幕府軍の船が所狭しと居並ぶ島原湾を抜けるのは無理であった。

喜右衛門は二人に橘湾のど真ん中、飯盛まで船で行って、そこから峠を越えて諫早を抜けて、大村に入る道順を勧め、小浜の鯨肉問屋、橘屋の船頭と連絡を取り二人を預けた。

二人を船頭に任せた喜右衛門は、早速食料集めに取り掛からなければならない。騒乱の中の食料集めは容易ではなかった。島原に残ったキリスト教を信仰する殆どの百姓が原城に立てこもった事、又、元旦早朝の戦いで、板倉重昌死後に到着した松平信綱による徹底した兵糧攻めで、厳重な城の包囲は固く、海からも陸からもアリの侵入も許さない程の見張りで、容易に食料を入れる事は出来なくなっていた。

喜右衛門の所には支援の食料は届くものの、それを城に届ける手段がなく必死に奔走するも、手立てが見つからず苦悩の日々が続いた。

少なくなった城内の食料庫を見た籠城中の人々は、次第にざわついてきた。

「又治郎先生、わしら老人の仕事は終わった。わしら老人はこの城からお暇する時が来たようである」保五郎は言った。

「どうやら、その時が来たようである。拙者もそのように考えていたところじゃ」と又治郎も応じた。

城内では外に出た喜右衛門からの食料も届かず枯渇していく食料を見て、保五郎ら老人の集団が又治郎に自決を申し出た。

「老人共よ、外を観るがいい。敵はわしらの兵糧を攻めてきたようじゃ。もう敵の攻撃もなさそうじゃ。わしらの役目は終わったのだ。若者のため口を減らしてやらねばならぬ」と言う又次郎の口調は爽やかで、何かをやり切ったような顔をしていた。

城内には喜右衛門が食料の調達に出たものの一週間が経っても粟の一粒も届かず、又治郎は城内の老人から申し出があった五千人を前に弁舌を振るった。自害が決行されたのは一月二十日の早朝であった。

四

又治郎は城を取り巻く厳重な見張りの船で喜右衛門の食料が城に入らない事を案じて幕府軍全員の死骸を一度に海に投げ捨てて、海を取り巻く敵の船を遠ざけて、幕府軍の船が遠ざかれば幾らばかりの、若者の為の食料が手に入るのではと考えて、老人の自害を決行した。又治郎は一揆軍総大将、天草四郎時貞に後の事を任せて、寒風が吹き付ける中、募った老人ら自害を希望する五千人を前に先頭を切って腹を切り五十九歳の生涯を終えた。

尚も又治郎は、自分の死骸を処分するに当たっては、潮が満ちた後で島原湾に投げ捨てるようにお願いした。

保五郎も六十八歳の元気で過ごせた長い人生を、又治郎に与えられた脇差で又治郎の後に続いて、自害してその生涯を終えた。

残った老人は元旦の戦いで山と積まれた幕府軍の死体を、戦いが終わった島原湾に処分した後に、自害した順に老人自らの手で順次海に投げ捨てた。死体は満ちてくる潮に乗って島原湾から勢いよく流されて有明海に届いた。

島原湾に待機していた幕府軍の五千艘の船は湾内に流れ出る自軍の兵士や自害した一揆軍の老人の遺体の異様な臭いに、やむを得ず島原湾から撤去しなくてはならなくなった。

城の淵から離れた幕府軍の隙を見つけて、喜右衛門が城内に届けた食料は残った一万人一揆軍の胃袋を満たすには到底及ばず、焼け石に雫を落とすようなものであった。

湾内に漂浪した遺体が一日二回の潮の満ち干で沖に流され、綺麗になった島原湾には幕府軍の船が戻り、喜右衛門は、城に近づく事は出来なかった。

又右衛門と忠満が喜右衛門の屋敷に帰ってきたのは城を出てから二週間後の二十五日であった。

喜右衛門は帰ってきた二人に厳しくなった城内の状況を説明して、城に戻ると主張する二人を引き留めた。

二人は喜右衛門の強い勧めで、再び城に入る事を諦めて、一万五千人もの仲間を見捨て、家族を伴い五島に逃げる事をやむを得ず決意した。

喜右衛門はその後も城に何とかして食料を届けようと奔走するも、松平信綱の城の周りの警備は固く、思うように行かない日が続く中、屋敷に乗り込まれて、幕府の家宅捜査を受けた。喜右衛門が城に持ち込む為に集めた食料を没収された上に処刑されたのは、又右衛門らを見送った翌日の一月二十九日であった。

正月から二ヶ月間の松平信綱の兵糧攻めが続き原城に総攻撃があったのは、二月二十八の事であった。城内の食料は完全に絶え尽きて、又、夜に暖を取るための薪もすっかり底を突いた。籠城中の人々は戦う気力もなく門を開けて、両手を挙げて投降する以外に方法はなかった。手を挙げて戦う意思のない人々に、信綱から下った処分は一万人全員の死罪であった。

死罪を言い渡された一万人の人々の刑はその日のうちに全員が執行されて、十三万人もの兵を投入した幕府軍の勝利で戦は終了した。

四

五

五島に逃避する事になった又右衛門と大櫛忠満の二人は、それぞれの家族を伴った。又右衛門は数馬の姉ミノと、忠満は嫁にした百姓の娘イソ、そして、それぞれ三人の子供を連れて、橘屋の船に乗り込み大村湾を出港した。

船には小浜を出港する時に船頭の家族も乗り込んでいた。島原藩では老中松平信綱が厳しく原城を包囲する一方で、残ったキリシタンの取り締まりにも余念がなかった。潜伏中のキリシタンだった船頭も厳しい取り締まりの中、小浜では生きていけない事を悟り、家族共々、五島に逃避する事に決めたのであった。

三人は船の中で話し合って、取り締まりが五島に及んだ時の事を恐れて三人それぞれ違う場所で暮らす事を選び、又右衛門家族は、福江島の北東に位置する奥浦湾で降りた（現在、五島市平蔵町、大泊地区）。人が住んでいない、ここに移り住み海と山に囲まれたこの地区の開墾をする事になった。

五

大櫛忠満家族は、徳達が降りた瀬で船頭と共に降りて、徳達が暮らす一本松の丘の更に北西大首山の麓に移動した。

船頭は、先に来た者達が無事に生活している事を見届けると、船頭も五島に移り住んで、自ら鯨取りをする事を決意して、弥蔵と日頃から意見が合わなかった二組の若い夫婦の間に一本松の丘に来て生まれた三人の子供を合わせて十三人の家族を伴い、船頭が何時も鯨肉を買い付けに行く玉之浦に移動していった（現在、五島市玉之浦町、玉之浦、小浦地区）。

二組の夫婦家族は落ち着いたら必ず一度訪ねる事を誓って出ていった。

船頭に誘われた徳の心も揺れた。もとより徳は百姓の仕事よりも、漁師の仕事が自分には向いていると思っていたからであった。それを引き留めたのは、気の合う作次の説得であり、何よりも病弱の母タキの存在であった。

母のタキは五島に来てようやく、気を使って暮らした一本松の下の共同生活から抜け出して、粗末な建屋であっても、やっと各家族が別々に暮らすようになって、少しずつではあったが元気を取り戻してきていたからであった。

一つには徳自身、八年近くも何事もなく暮らした一本松での生活を捨て切れなかったのである。

船頭が若い二組の家族を連れていって一月近くが経っていた。その日は松の木の根元に祀ったキリスト像の前で、みんな揃って週一度の朝の祈りが終わり、それぞれの家に帰ったばかりの、一本松の丘に数人の腰に刀を差した男達がやって来た。

「こんがーきだ、どっか来たもんな」（この野郎ら、何処から来た者か）

「ぎゃっだ、ぜんぶ縛れ」（この野郎共を全員縛れ）

命令を出したのは、島原の合戦から帰ってきたばかりの御手洗久太郎《みたらいきゅうたろう》であった。

祈りの場は、祈りが終わると何時もの慣習で一本松の人達がしばらく何人か居残って、談笑する場所になっていた。

陽気が良くなってきたその日に一本松の祈りの場に残っていたのは野良仕事に出払った後で弥蔵家族だけであった。

弥蔵家族は、兄弟二人で一団に加わり一本松の丘に来てから弥蔵の長女、ソヨと所帯を持ち、一本松の側に住まいを構え一人の男の子を授かっていた兄と、その弟で、六人だけが残っていた。

幼い赤子を含め、六人の弥蔵家族は抵抗する間もなく後ろ手に括られてしまった。

五

島原での戦いで大敗を喫し任務を終えて、青方善介率いる五島藩の残った七十人が帰って来たのは、山桜も散り果て、山には黄緑の新芽が芽生え始めていた頃だった。

【五島藩から割り当てられて、島原に大浜領から出陣したのは、御手洗久太郎と手下の二十人であった。

五島藩は先陣を切って突入して大敗を喫し、戦死した兵士と恐れをなして逃げ帰った残りの七十人が生還出来た。島原で戦死した兵士の中には久太郎の九人の手下がいたのである。

久太郎の先祖は代々、瀬戸内海に浮かぶ大崎下島の出身である。大崎下島は伊予の国、河野通直の傘下にあり、三島村上水軍の一族であった。

河野氏の傘下にあったこの島は御手洗島とも呼ばれ風光明媚な島である。久太郎の先祖は瀬戸内海を航行する全ての船を御手洗の港で足止めして、帆別銭を徴収して、宿を設けて宿泊させ、多くのお抱えの女郎で遊ばせてその遊興費の徴収などの任務に長い間当たってきた。

戦国時代に羽柴秀吉が四国征伐に出て土佐の長宗我部元親や通直と戦う事になった。通直の傘下にあった久太郎の祖父、太郎治左ヱ門も戦に巻き込まれる事になり、通直勢として戦った。戦は秀吉の圧勝に終わり、河野氏が滅びて太郎治左ヱ門も家族共々命からがら五島に逃げていった。

もとより御手洗家と大浜家は代々に渡り、大浜家が海賊家業の上がりを御手洗島で処理していて、親交が深かった事もあり、戦で敗れた太郎治左ヱ門は大浜氏に助けを求めてきた。

大浜氏も八百三十石の所領がありながら、その殆どが未開の地であり、それに大浜氏の家臣には見張り役として五島家から送られてきた鳥山氏もいて、もとより大浜氏が頼朝に追われてこの地に居着いた時から従って来た家臣の柳瀬氏や、この地に神社を建立した時に呼び寄せた宮司の分家、森氏が大浜氏の家臣となっていて、むろん御手洗氏に与える所領などなかった。御手洗氏は手下をあてがってもらい大浜の地で海賊家業に従事してきた。

以後、寛永十八年（１６４１年）幕府の鎖国政策の強化による外国船取締御番を五島藩も命じられ御手洗家がその任に着いたが、藩からの一切の手当てもなく、仕事内容もそれまでと全く変わる事なく、外国船取り締まりに名を借りた幕府公認の海賊行為は大政奉還

後の昭和初期の時代まで御手洗家の稼業として続いた】

五

この島の海賊には掟があった。
一、狙った船は逃がしてはならぬ、
一、船の乗組員は生かして帰してはならぬ、
一、襲った船を奪ってはならぬ、
百五十以上の島々から成り立つ五島近海に迷い込んで、海賊に狙われた外国の交易船が無事に自国に帰る事はほぼ不可能であった。

海賊は十五、六艘で一団を組み対馬海流の流れに沿って島陰に待機する。

この海域を航行する交易船が海賊の一艘から逃れても、次の島陰から幻のように現れて交易船は何時の間にか海賊船に取り囲まれてしまい、乗組員は殺されて、積み荷や金品は全て奪われて、どんなに良い船であっても全ての船は焼却されて海に沈められ処分される。

いきなり襲われて後ろ手を縛られた一本松の住民はなすすべもなかった。

「こんやつらは、切ってしまえ」

久太郎の喚き声であった。

久太郎の手下が人を斬るのも日常の仕事であって、何のためらいもなかった。徳と藤吉は一本松の丘に響き渡る呻き声に気が付いて駆けつけた。

藪の陰から覗くと、そこには何時か見た島原での光景があった。徳は別世界に来て夢を見たような気分になってその場に蹲って声も出せなかった。

「なして、五島に来てまで、こんな目に？　何か悪かこっばしたと？　うんにゃ、何もしとらんばい、何も赤子にまでこんなこっばせんでも？」徳は心の中で自問自答した。

徳は無辜《むこ》の身の憐憫《れんびん》に何にも出来ず、ただ足の震えは止まらず立ち上がる事も出来なかった。赤子の身体は二つに割れていて、大人の背中には一度切られた刀傷があり辺りには真っ赤な血が飛び散り、止めにはそれぞれの頭は身体から垂れていた。

幕府から五島藩に島原から逃げてきた者を皆殺しにするようにとの通達があったのは合戦の最中、年明け早々であった。大浜領でもその事は承知していて丘の上で何人かが住んでいる事は、ここ何年か前には分かっていたはずだ。それも、通達の何年も前の事であったはずである。

大浜領の役人の中には、開墾が進み、いずれ年貢の徴収が出来る事を楽しみにしている者もあった。

二人の役人が息を切らして後を追いかけてきた。その役人の名は柳瀬氏と、森氏であった。

「遅かったか、御手洗どん、何ばしょっか？　あんだけ言うたろに」

駆けつけた二人の侍の内の森氏が言った。

「おいは、青方様から斬れち、命令ば受けたけん斬った」久太郎は言った。

「五島ん殿様には、おいから、そんなもんおらんち、報告するけん、良かち、言うたろが」

柳瀬氏も言った。

五

大浜氏の屋敷内では昨日、戦から帰ってきた久太郎の報告を受けて、話が紛糾していた。

久太郎の怒りは翌日になっても治まってなかった。戦に出陣した久太郎の手下が二十人の内の十四人を失っていて、大浜の上の丘に以前に島原から逃げてきたキリシタンが住んでいる事をとうに知っていた。

戦の帰途、久太郎は五島藩家老青方善介にその事を話して、善介に許可を取り付けていた。

久太郎は、島原で自分の手下を失った事の怒りは五島に帰っても収まらずにいて、その矛先は同じキリシタンの一本松の住民に向けられたのであった。

「こげん広か畑ば開墾してくれて、今年ん秋から年貢ば取ろかいと思ってたのに、何ばしてくるっとか」と柳瀬は言った。

「百姓なら大浜ん人間でん出来るばい」と久太郎も言い返した。

「そがんな馬鹿なこっばしてしもうて、だっがこんな所に住むとか?」（こんな事をしてから、誰がこんな所に住めるのか）と森も言った。

「住まんでん良か、通えば良かたい」と久太郎は言った。

「馬鹿んごて、それは百姓ば知らん人の言うと事や。穀物は半刻もかけて通って作ったって、良かもんは出来んたい、こん広か畑ば見て見れ。一人や二人で耕したんと違う、まだ仲間は何処かに逃げとるはずや？　どがんして探すとや？　そんな危なか所で穀物ば作ったって、出来た頃には全部取られてしまう」柳瀬は言った。

「そがんな奴は殺してしまえば良かたい、柳瀬どん」と御手洗は言った。

「畑ば荒らすとは人間ばっかじゃなか、畑ん近くに人が住まんば、こん島にゃ猪も鹿も

五

おっけん、こんな所まで通って御手洗どんは、猪の餌ば作っとかね？」と柳瀬は言った。

「誰が住むっとよ。罪んなか人ば殺してしもて、こんな危なか所に住んだら、夜中に必ず反対にやらるとよ、どがんすっとよ、御手洗どん」と森も付け加えた。

「そがんな事ばっかしとっけん、大浜ん村の人は、何時まででん、人殺しば家業にせんばいかん。やめとこうや、いい加減に」と言って柳瀬は御手洗にたたみ掛けた。

大浜村は海賊の村ではあるが二人の役人は農業推進派の役人であった。二人はこの村に何とか農業を根付かせようと努力していたが長い間、港を出ればばかならず収入につながる海賊に従事してきた住民を、どのようにして野山を開墾して、農業に付かせるか二人は思案したが、それは容易な事ではなかった。

「やめとけ言うばってん、俺は殿様に任務ば預かとるたい」と御手洗は言った。

「任務は良かばってん、ここまで来て、何も罪のなか人ば殺さんでん良かとよ」と森も言った。

久太郎は立場が悪かったのか、手下に「穴ば掘って埋めとけ」と言ってその場を立ち去った。

殺された自分の身内を目の前にしながら、徳と藤吉は何も出来ずに、ただ震えながら藪陰から成り行きを見守るだけであった。

島原から一本松の丘に来て八年、ある者は去っていき、ある者は殺されて、残された「這う這うの体」も、安住の地と決めて、開墾してやっと、何とか自給自足の生活に目途が付いたばかりの風光明媚な一本松の丘に住めなくなって、再び迷走の身となった。

残されたのは、徳の家族と、作次の家族、一本松の丘で更に二人の子供を授かった田口喜兵衛の家族、そして弥蔵の家族の中でただ一人だけ残された、徳の従姉妹のイネは、家族全員を一度に失った。

大浜の役人が去った後には、埋められた遺体の前で茫然と立ち竦む者、手で土をかき分けて縋り付く者、胸に十字を切って祈る者、一家全員いなくなったイネは、遺体を見る事も出来ず、タキの腰に縋って、ただ、わななき、慟哭《どうこく》するだけであった。

「なして、なしてこがんな事になったと？　どがんな悪かこっぱしたとよ」イネは泣き叫んだ。

島原の合戦の犠牲者はここ一本松の丘にもいた。「這う這うの体」は、ここに来た時の半分の人数にも満たなくなり、残された十三人の「這う這うの体」は、埋められた遺体を囲み声も出なかった。

五

丘には、死んだ姉婿の弟との契が出来ていたイネとタキの泣き声が響き渡った。三家族は収穫前になった蕎麦や穂が付き始めた麦などを残して、やむを得ず、一本松の丘の畑や住まいを捨てる事になった。再び失望のどん底に落とされて途方に暮れた一同は話し合った。

大浜の役人のやり取りを聞いていた藤吉は、畑を放棄すればそう遠くまでは追ってこないだろうと判断した。

藤吉の意見を取り入れて、取り敢えずは丘を下り、大浜の村からは見えない場所の、川の側で暮らして、様子を見る事にした。

藤吉は病弱のタキを思い、遠くに行く事は手段もなく、出来ないと思ったからであった。

島原の迫害から逃れて辿り着いて八年も過ごした一本松の丘の家を追われた「這う這うの体」は丘を下りて大首山の麓を彷徨う事になった。

一同は、取り敢えずその晩は川の側にこれから開墾に必要な農具や塩、残っていた僅かな食料など生活必需品を一日かけて住家から持ち出して、皆で河原の芦で塒を構えたが、山の谷間を流れる小川の傍の粗末な建屋の夜の寒さは尋常ではなかった。

窪地で大浜の村から見える場所でもなかったので焚火を囲んで過ごしたが、又何時、襲ってくるかの恐怖で子供以外の人は一晩中眠る事も出来ず、不安と夜の寒さに耐えながら、これからの行く末を話し合いながら過ごした。

五島に来て一番恐れていた事が現実となった今、「這う這うの体」は再び強い失望の中を放浪する事になった。

何処かに逃げていく選択肢があった島原での出来事と違い、逃げていく所もなく、そして手段もない八方塞がりの五島では、捕まって処刑されるのを待つしかないとの思いから人々は死をも覚悟した。

でも藤吉の大浜の役人の話しぶりから「そう遠くまでは追ってこない」という言葉を信じて、これから開墾しやすくて稲作も可能な、この広い河原を耕して暮らしていく事を話し合った。

八年が過ぎて、ようやく各家族が別々に住めるようになったばかりの今、母親の病状が思わしくない徳の家族は迷惑がかかる共同生活をするのは無理だと思った。

そこで河原の近くに徳の家族、作次の家族、喜兵衛の三家族それぞれが、別々に穴を掘って隠れて暮らす事を話し合い翌日から早速作業に入った。

【尚、三家族が暮らした横穴は四百年近くが経つ現在も、徳が暮らした穴は平成十年に徳の子孫の手によって埋められたものの、作次と喜兵衛が掘った穴は残されている。

又、一本松で「這う這うの体」が開墾し放棄した殆どの畑は、現在も久太郎の子孫や手下等が受け継いで耕している】

五

洞穴暮らしから一ヶ月近くの時が経った。タキは洞穴暮らしに耐えられず妹のシヲと従妹のイネの必死の看病にも拘わらず、一月も経たずに死んだ。

三家族で話し合った上で徳は作次や喜兵衛が掘った北向きの小川の側ではなく、川から少し離れて北風を避けられる場所を選んで少しでもタキが温かく暮らせるような場所を用意したが、徳の願いは虚しくも叶わず更に失望し希望が持てない日々が続いた。

「チャンコンコン、チャンココ、チャンココ、チャンコンコン、ドドン、ドン、ドドン」

何時の間にか、お盆の中日がやって来ていた。一本松の丘に住んでいた頃、毎年お盆の中日の昼過ぎから暗くなるまで鐘や太鼓の音が聴こえていた。

今年はどうした事か昼前であるのに一本松の丘の方から甲高い鐘や太鼓の音が聴こえて

いる。

下五島の各村で初盆の墓の前で踊るチャンココ踊りである。

【久太郎が腹痛を伴い発熱して寝込んだのは一本松の六人を処刑して帰った、その日の昼の事であった。島原の戦から帰ってきて一本松の丘で処刑に携わった久太郎以下六人全員が赤痢に感染していたのである。

千人以上が暮らすこの大浜村の水汲み場は二ヶ所だけであり、朝から大勢の女達が水汲み場にやって来て、桶に水を汲み持ち帰り、場所を取り合って洗濯もこの場で行う。農業もなく海賊を生業として暮らすこの村の女達は、これといってする事もなく、水汲み場は女達の憩いの場でもあり一日中賑わう場所である。

当然ながら赤痢に感染している久太郎の褌もこの水汲み場で洗濯され、汚染された水汲み場から感染していった赤痢は、水のない不衛生な村を覆い尽くすには時は要らなかった。

赤痢は「赤糞病」と呼ばれて、この村でこんな沢山の人が一度に病に侵される事はなく、ましてや、長い期間に渡って発熱や強い腹痛があり、黒や赤い糞をするような病気などは見た事も聞いた事もなかった。

赤痢は、お盆になっても収まる気配さえなく、村人は最初に発症した六人が一本松でキリシタンを処刑した事で、その返り血を浴びた事により感染した流行り病と信じた。

この流行り病で大浜村では既に老人や子供を中心に盆までに四十人ほどの命がなくなっていて、キリシタンを殺した祟りとして恐れ、それを鎮める為に一本松の下でチャンココ踊りを奉納した。

一本松でキリシタンの六人を処刑した為に、黒い血に汚染され、病に罹ったと信じた大浜村の人達は、以後、処刑を逃れて大首山の麓まで追いやられて暮らしているのを知るようになっても、黒い内臓を持った黒臓の人と呼び深追いせず、「這う這うの体」が住む一本松一帯から北側の地域を黒臟村と呼んだ。後に、平成の時代になって、この地域に住む住民やこの小説の筆者などの抗議により、黒臟が黒蔵に変更された。その地名の所以ともなった。

大浜村の人々は黒い内臓を恐れて「這う這うの体」を深追いする事はなく、「這う這うの体」が開墾して放棄した広大な農地を所有しながらこの地域に移住して来る者もいなかった。この村には徳などが「這う這うの体」となった同時期に島原から同じく重政の迫害を受けて大村藩外海地区に逃れて住み着いた住民が住んでいた。再び寛政九年（1797年）浦上一番崩れで発覚した幕府のキリシタン取り締まりで慌てた大村藩主が人口の少なかった五島藩の要請を受けて、その潜伏キリシタンが多く住む大村藩外海地区の住民約三千人を五島藩領に移住させた。

その折に、この村にも翌年の寛政十年に、十一戸の潜伏キリシタンが移り住んだ。又、大浜の住民が一本松の下で厄払いの為に始めたチャンココ踊りは、一本松が枯れた後の現在も続いている。尚、久太郎が一本松に埋めた六人の遺体は、残った「這う這うの体」が大首山の麓に移設して今もその場所に眠っている。久太郎も二ヶ月間も発熱や下痢に苦しみはしたものの、何とか一命を取り止めて元の任務に就いた。この村で赤痢が終息したのは二年後の秋の事であった】

六

東西に稜線が延びる大首山の嶺から途中、一本松の丘に向かって南に下る二本の尾根がある。南へ下る東西の尾根と尾根の狭間の僅かな平地に、早秋の日が大首山に今にも沈もうとする真下の、収穫盛りのさつま芋畑の隅、亡くなった藤吉が積み切れずに残していた大きな石の上に、腰を下ろした白髪の老人の姿があった。

その老人は五十を遥かに過ぎた徳である。

横には鼻の穴が上を向いた徳の幼児期と同じ顔の小童がいる。両手を合わせたその小さな手の中に、口が開いた、いたぶの実が手のひらいっぱいに入っている。日暮れの時となり少し冷えて来たのか、小童の上を向いた鼻の穴からは、鼻水も垂れている。

両手を合わせて立っている鼻水の小童は、六歳になった徳の孫、磯吉である。二人は先程から身動《みじろ》ぎもせず、いたぶの葛の葉が生い茂る石垣を四半刻も眺めたまま一言も声を発していない。

六

二人の目の先は、いたぶの葛の茂みの中に身を隠して、茂みから青黒い目を光らせて頭を覗かせているアオダイショウを向いている。

アオダイショウの頭の上には、口裂けて今にも種がこぼれんばかりの、いたぶの実が一つだけ付いている。アオダイショウも、これ又徳や磯吉と同じく身動ぎもせず、時々長い舌を出しては、戻す動作を何度も繰り返している。

「アー」

二人は同時に声を出した。

二羽のヒヨドリが、いたぶの葛の茂みに飛んできた瞬間の出来事であった。

いたぶの実の上に止まろうとした一羽のヒヨドリの足は、一瞬で伸びてきたアオダイショウの大きく開いた口の中に吸い込まれた。

「キ、キ、キ、キー」甲高い鳴き声を立てて、逃げようと必死にもがくヒヨドリの体は、見る見るうちにアオダイショウの口の中に吸い込まれてしまった。

驚いたもう一羽のヒヨドリは何処かに飛んでいき、ヒヨドリを飲み込んだアオダイショウも石垣の中へ消えた。

「ジンジーあの、いたぶ取ってきて？」

磯吉はアオダイショウも居なくなり、ヒヨドリに食べられず無事に残った、いたぶの実を徳に取るように言った。

「磯吉、あの実はなー、ヒヨドリに残しとかんばたい」

「ヒヨドリに残したって、ヒヨドリは又、ヘビにやらるったい」磯吉は言った。

「良か、良か、良かたい、そっが自然たい」

「ジンジー自然て何か？」

「自然？　自然てなーなっごてしか、ならん、どうしょうも出来ん、そっが自然たい」

「自然な、ヒヨドリに、かわいそかね？」

「なしてー？　ヘビもなんか食わんば、生きていかれんたい」

「ジンジー、ヘビは気持ちん悪かけん、おらんでん、良かたい」

「うんにゃー磯吉、良か畑にゃヘビもヒヨドリもいっとたい、ヘビのお陰で畑にゃー穀物ば食い荒らすネズミも近づけんし、ヒヨドリは畑の虫ば取って食いよる、自然の生き物は、よう出来とるばい」

「へー」と磯吉は首をかしげた。

大首山の夕焼けは辺りを焦がして二人の顔を真っ赤に染めて燃えている。徳の横に立っていた磯吉は何時の間にか徳の膝の上に、いたぶの実を乗せて一つずつ取って貪《むさぼ》っている。

空には燃え上がる夕日が大首山を照らして、夏をシベリアで過ごした雁の一番鳥の群れが、尖列《せんれつ》を組んで「グァーグァ」と鳴きながら大首山を東の空に向かって飛んでいった。

雁の群れを瞬《まばた》きもせずに見送った徳の目から、膝の上に一個だけ残った磯吉のいたぶの実の上に、大粒の涙が落ちてきた。

「ジンジー何ば泣きよっと」

「うんにゃ、泣きよらん、目にほこりが入った」

「風も吹いとらん、両方とも?」磯吉が心配そうに徳の顔を覗き込んだ。

「うん、両方ともじゃ」

雁が飛んでいく東の空の向こうには、徳が産まれ育って、もう二度と帰れない島原がある。

何時の間にか、ここ五島に来て四十年の歳月が経った。

若き頃の時代の流れに翻弄されて、苦しい放浪の生活を終えて、この土地の石の上に孫と共に腰を下ろせる安堵感から、徳の胸は懐古《かいこ》に締め付けられ、堪える事が出来なかった。

徳は、顔を寄せてくる孫を抱き締め、孫の着物の袖で溢れ落ちて止まらなくなった涙を拭った。

徳は母のタキを亡くして、穴蔵生活を捨てて、この場所に来て毎日、父の藤吉と一緒に積み上げた長い石垣の脇に、辺りの山から、いたぶの葛を持ち帰って、移植した。

そのいたぶの葛が積み上げた石垣に絡まり、葛には青葉も茂り実も付いて多少の雨や風で崩れる事はない石垣が出来た。

島原で強制されて森岳の城に石を積み上げる作業に従事して、五島に来て、一本松の丘に積み上げた石垣からも追い出された。

居着いたこの場所でも、ただ石を積む事だけに明け暮れて艱難辛苦《かんなんしんく》の人生を過ごした藤吉もこの山裾に来て亡くなり、早二十年以上にもなる。

長年、徳が兄貴分として嘱《しょく》して、妹のシヲと所帯を持ち、東側の尾根の麓を開墾して暮らしてきた作次も、妹のシヲと四人の子供、六人の孫を残して、この夏に逝ってしまった。

横穴に三家族の中で一番長く暮らした喜兵衛は作次の家の山奥、徳が住む尾根の東真裏に住まいを構え、辺りを開墾して長生きをしていた。その喜兵衛も大勢の子孫を残して、この世を去り、後を追うように喜兵衛の妻も逝って三年になる。喜兵衛が、島原で父親の喜右衛門と共に売っていた、血巡りに効く入浴剤として、蓬や山桃の幹の皮などを粉にして調合した薬剤と引き換えに手に入れた番いの二頭の小牛が数を増やして、山の中でひっそり暮らすキリシタンの各家々に行き渡り、そのお陰で、山の斜面の困難な田畑の開墾は進んで、まだ少しばかりではあったがお互いの屋敷の横に池を掘って田園も増えた。

稲の苗は大首山の裏側の村、雨通宿村へ再び徳と作次が行って分けてもらった。

徳がこの山裾に入り開墾を始めたのは、タキが死んで間もなくであった。暫くの間一緒に横穴暮らしをした従妹のイネは、大櫛忠満が荒木又右衛門の三人の子供の内のただ一人の男の子だった平蔵《ひらぞう》の嫁として連れていき、徳が暮らす大首山から三里半も離れた場所に暮らしている。

乱暴者であった又右衛門は農業には見向きもせずに趣味の魚釣りに明け暮れ、五島に入植以来、自由奔放な日々を送って逝った。

子息、平蔵も父に似て、少し乱暴者であったが、田畑の開墾には精を出し、夫婦揃っての働き者であった。その平蔵も亡くなり、その夫婦の間に産まれた娘を、徳は息子の嫁として迎えた。

又右衛門の二人の娘は大櫛忠満の二人の子息と所帯を持って、徳が住んでいる反対側の山の麓で兄弟仲良く開墾に励んで老いはしたが、元気に何とか仲良く暮らしている。無理をして働いた従姉妹のイネも老いが激しく、大首山の麓に埋めた両親や姉夫婦、一度は未来を契った恋人を共に埋めた墓も、遠くから祈るだけになり、お互いに山越えの三里半の道のりは遠く行き来が出来ず、会う事が出来なくなった。

島原を一緒に出てきて一本松の丘で暮らした二十九人もの人が、従妹のイネと妹のシヲになってしまい、たった三人だけが残されてしまった。

荒木又右衛門の子息、平蔵は又右衛門の父親、服部平左衛門の一文字をもらって平蔵と名付けられた。この平蔵が父又右衛門と共に五島に入植して開墾を始めて、後に五島藩が寛永九年大村藩外海地区より潜伏キリシタンの人達をこの地区にも入植させて山林を開墾させた。この地域を現在五島市平蔵町と呼び平蔵の名は、この地名の謂れとなった。

この世に生を受けて不首尾の連続に暗澹《あんたん》たる日々を送った徳に光明が射したのは、大櫛忠満の娘、ハルとの出会いであった。

ハルは島原の合戦に参加した父、忠満が大村で居場所をなくし、家族一同で又右衛門家族や船頭家族と共に五島に逃避する道すがら、父、忠満に五島に着いたら又右衛門の子息、平蔵と所帯を持つように強く言い渡されていた。

平蔵は浪人の身ではあっても武士の子、髪を後ろに束ねた髷姿は、父同様如何にも凛々しく感じ、顔立ちも整い、なかなかの良い男である。

然し、平蔵の乱暴で横柄な態度には、自らも潜伏キリシタンであり、元神父の娘として、人々の悩みの相談に応じて、生活に苦しむ平民と多く交流して来たハルには容易に近寄りがたく、父の押し付けがましい縁談には、素っ気ない態度であった。

ハルは五島に着いて世間から閉鎖された生活を送るようになってからも、父を避けるように昼間は山の中で一人過ごした。

徳は島原を追われて、そして五島に来ても家を追われ、懊悩の末に暗澹たる中、自分を見失ったのは、タキが死んで葬って十日程が経っていた頃だった。

徳は一人で山の中に入り二日も人前に姿を見せなかった。

三日目の朝、心配した妹のシヲと作次が「オーイ徳」「アンヤーン」二人の呼びかけに対して徳は、

「オー」と返した。

探しにきた二人に発見された。

「どがんしたん、あんやん」

「生きていたって、つまらんたい、もうーなーんも、しょうごてなかたい」

「良か、良かたい、気の済む迄ここで、寝とけば良かたい」二人の呼びかけに応答した事で徳がまだ死ぬ気がない事を悟って作次は言った。

「あんやん、山ば降りよう、おっとんも、心配しとるけん」

徳は二人の声掛けに仰臥《ぎょうが》したまま頑是《がんぜ》ない態度を取った為に、二人は徳の横に粟のにぎり飯を残して、「しいたごてさせとけ」（好きなようにさせとけ）と言って立ち去った。

徳は二人がいなくなると、置いていったにぎり飯を平らげ、又もや横になって尾根の頂から見える海に浮かぶ島をぼんやりと眺めた。

再び誰かが下から上がってくる人の気配に気付いて起き上がると、見知らぬ女の姿であった。徳は驚いて後に下がった。でも武器等を持っている様子もなく、少し安心した。下から上がってくる女も人の姿に驚いた様子で立ち止まった。しかし、人の姿に警戒する徳を見て安心したのか、女の方から逆に近寄ってきた。

女は百姓娘と変わらぬ姿ではあるが、その顔には武士の家系に育った貞淑《ていしゅく》さが漂っている。徳は近寄ってくる女の顔に吸い込まれていった。

「ねーどっから来たと？　土地の人ね？」声を掛けてきたのは女の方からであった。

「ハルさん？」と徳は尋ねた。

「そう、ハルです」

「そう島原から来て、ここに住んどるばってん、ここにも住むとこは、なかたい」

徳は直感した。二人は知り合いではなかったがハルの事はハルの父親、大櫛忠満に聞いていたからである。忠満は三家族が横穴生活を始めてから何度も訪ねてきて娘の存在も聞いていていた。徳は忠満が住んでいる場所を訪ねていった事はなかったが、タキの葬儀ミサを挙げてくれたのも忠満であった。

ハルが平蔵との縁談を嫌って昼間は一人で山で過ごしている事も聞いていた。徳がこの山に入ったのは、自分が、これから夫婦になれる相手もなく希望を持てない中、もしかしてハルに会えるのではとのかすかな期待を持っていたのである。

「ハルさんは、どの辺に住んじょると？」

「この山を下りてすぐ」ハルは、徳が横穴を掘って暮らしている尾根の西側の山裾を指差した。二人は尾根の頂の夏の終わりの木陰に腰を下ろした。

六

「ねー、歳いくつ？　名前、教えて？」ハルは聞いた。

「トク、徳って、言うばい」ハルに名前を聞かれた徳の胸は高鳴った。

「いくつ？」

「アー今年二十一になるばい」

「年下かー？　ね、年上の女いや？」ハルは徳よりも三歳も年上であった。

「徳さんには、だれか許嫁でもいると？」ハルは聞いた。

「そんなもん、おらん。こがんな山ん中で一生、一人で暮らさんばいかんと、思とる」

安心したハルも徳に秋波を送り、徳に身体を寄せた。二人の心が解け合うには時は必要としなかった。

二人はどちらからともなく抱き合い互いに幸甚《こうじん》の至りに、時を忘れた。

「ハルさん、家に帰らんでも良かと？」

「あーあたし、父上から逃げてるから、今夜は徳さんとこの山で一緒に過ごして、良かとよ」

「ほんなこっか？　嬉しかよ」

「ねー徳さん、明日から二人で、下の谷間を耕そうよ。この山奥ならば、誰も追ってくる人いないから」

ハルは自分が住んでいる反対側の谷間を指差して言った。

残暑が残る満天の星空の下で二人は抱き合った。

二人は作次と山越えをした時のように木の葉を集めて裏白を敷いて寝床を作って、満天の星の下で炎と燃え上がった。

初めて出会った二人の熱を冷ますかのように時折海風がすり抜ける中二人は顔を見合わせて何度も抱き合って、来る隘路《あいろ》の旅を誓った。

「この山は星の山ね」ハルは言った。

六

【二人が出会ってハルが名付けた星ノ山の名は現在もそう呼ばれている】

翌日から二人は星ノ山の麓に居着いて藤吉を呼び寄せて開墾は、始まった。

完

あとがき

私が生を享けた長崎県福江市増田町黒蔵地区は、中学校の校区内で一村だけが、隠れキリシタンの村であった。

五島列島、福江島の山の中で育った私が小学校に通うようになって、何となく先生方や他の村の生徒との間に何か、目に見えない壁がある事を低学年の頃から感じていた。

小学校を卒業する頃までには、自分自身のひがみ根性が相俟ったかもしれないが、そんなことを子供ながらに強く意識せざるを得ない出来事が何度もあったような気がした。

例えば学校の先生が割り振る学芸会の演奏会などでも、いつも最後列に立たされて、カスタネットを叩かされていた。最後列の横には、いつも私と同じ村の出身者の子だけが立っていて、私も一度ぐらいは他の楽器も奏でたいと思っていたが一度も叶うことは無かった。学校のテストも、何点を取っても通知表の評価が上がることもなく、子供ながらに、これが公平な教育であろうかと深く傷ついて小学校を終えた。

そんな私は中学生になって、家に帰っても一度も教科書を開かない子供になり三年間を過ごした。私の村が隠れキリシタンの村であることは子供の頃から薄々感じていた。だが、キリシタンであること、キリスト教、それがどうして悪いのか、いつも事ある度に悩んでいて、子供の私には理解できなかった。

中学生になると私はそんな差別が止まらない嫌いな五島に残って進学する気には毫もなれず、当時選択制であった進学に必須の英語の授業も受けなかった。当時を思うと五島を早く抜け出したい心情が強く働いた行動であったように思う。

中学を卒業すると、両親が必死に引き留めるなか、土地を拓いてくれた先祖には申し訳ないと想いながら、長男である私は、迷わず都会に出て就職する道を選んだ。

その後も帰省するたびに私は、両親に家の後を継ぐように説得されたが、私は、未だに続く同年代の村の友や親戚の人に結婚差別があるやに聞く中では先祖の墓参り以外には足が向かずに現在七十四歳の今日に至ってしまった。

そもそも私がこの小説を書こうと思ったのは、五島でなぜこのような差別が起こったのか？　これまで五島で生活をしてきた人達が、どのような生活をしてきた人達であったのか、知りたくて、中学を卒業した頃から五島列島の歴史に興味を持って、長い間自分なりに研究してきた。しかしながら、十五歳で五島を離れて二十歳で起業した私は自分の、そして二十五歳頃から常時二十人いた従業員の生活に追われ必死に働く毎日を送り、身体の調子が悪くなり病院で大腸癌と診断された時には六十歳にもなっていた。人生にも終わりがある事に気付き大阪文学学校の扉を叩いた。

そこで私は、この五島の土地に住み着いて迫害に苦しみ、そして差別に耐え抜いて、自分を残してくれた先祖代々の苦労に報いるために、予てからの思いであった，重いペンをとることにした。

そこで私は、旧福江市教育委員会が、平成七年に福江市史を発行したことを知って取り寄せた。

書を開いて読み進めるなか、あるページにさしかかった時に私は驚愕して，あんぐりとなった。

私が受けた差別教育はこの、福江市が発行した書の中にあった。私はこの文章を読み終えるまでもなく、自分の携帯を取りだして五島市教育委員会に失望して激怒した。

福江市史なるこの書物は、五島列島が鎌倉時代から先の大戦まで倭寇の拠点であった事には一言も触れることなく寛政九（１７９７）年、大村藩外海地区より藩同士の話し合いで御用百姓として五島藩が土地を与えて迎え入れた隠れキリシタンの農民に言及して、あの村に居着いた、この村に居着いた、との記述があった。御用百姓として入植した彼らが果たして、徳のように勝手に居着いた人達であっただろうか？　私は特に「居着き」と言う言葉が差別用語であるとは思っていない、でも、五島では隠れキリシタンの人たちを「いつんもん」と揶揄して差別して来た以上、差別用語そのものであり、ましてや教育委員会の書でその差別用語を用いて、場所を特定する等はもってのほかと、断罪する。

この小説の執筆にあたっては、パソコンの知識も無かった私のために、尽力して頂きました長い間の取引先である

(株)サカイテックの若き二代目社長、田頭和憲氏

浪速産業(株)の若き営業マン難波貴志氏、両氏の指導を受けながら始めました。

宗教学者で長崎純心大学元教授、宮崎賢太朗先生、

長崎市外海町の隠れキリシタン研究家、元上五島高校教諭、松川隆治先生

五島市大浜地区、区長、高嶋俊光氏

御三方には無学の私の度重なる電話取材に応じて頂き、多大な知識を頂いたことに深く感謝し御礼申し上げます。

尚、実測に協力してくれ長い間、私を応援してくれた五島市黒蔵地区在住の江口洋子氏、何よりも書の編集を担当してくれた梅﨑柚香様に深く御礼を申し上げます。

五島黒臓

〈著者紹介〉

五島黒臓

長崎県福江市（現在五島市）増田町の潜伏キリシタンの村、黒臓地区で昭和二十四年三月十七日生まれる。

昭和三十九年三月福江市立翁頭中学卒業。

昭和三十九年三月集団就職生として大阪府堺市錦綾町、（株）中西工業所に就職。

昭和四十五年独立して小さな鉄工所を経営、昭和五十四年有限会社平山産業設立、現在に至る。

霧《きり》の島《しま》、居着《いつ》き人《びと》の灯火《ともしび》

2023年8月30日　第1刷発行

著　者　　五島黒臓
発行人　　久保田貴幸

発行元　　株式会社 幻冬舎メディアコンサルティング
〒151-0051　東京都渋谷区千駄ヶ谷4-9-7
電話　03-5411-6440（編集）

発売元　　株式会社 幻冬舎
〒151-0051　東京都渋谷区千駄ヶ谷4-9-7
電話　03-5411-6222（営業）

印刷・製本　中央精版印刷株式会社
装　丁　　立石愛

検印廃止

Printed in Japan
ISBN 978-4-344-94451-0 C0093
幻冬舎メディアコンサルティングＨＰ
https://www.gentosha-mc.com/